GISELDA LAPORTA NICOLELIS

■ Bate-papo inicial

Beto é um adolescente que vive num dos morros cariocas. Desde muito jovens, seus irmãos se envolveram com o tráfico de drogas, para desgosto dos pais. Além de estudar, Beto também faz bicos para ajudar em casa. Mesmo vivendo em um meio hostil, onde garotos se iludem com o ganho fácil, mas morrem cedo em confronto com a polícia ou com traficantes rivais, ele tem planos para o futuro, um projeto de vida... o que faz toda a diferença.

■ Analisando o texto

1. Por que Beto é criado apenas pela mãe? O que aconteceu com seu pai?

R.: _____

_____

2. No início da narrativa, quantos são os irmãos de Beto? O que fazem para ganhar a vida?

R.: _____

_____

_____

3. Por que a mãe de Beto, mesmo precisando, não aceita a ajuda dos filhos envolvidos com o tráfico de drogas?

R.: _____

_____

4. O que Beto fazia para ajudar a mãe nas despesas com remédios, quando estes não eram encontrados no posto de saúde local?

R.: _____

_____

5. Em sua opinião, por que Beto optou por não se tornar um marginal, apesar de parte dos garotos da favela, assim como os próprios irmãos, enveredar por esse caminho?

R.: _____

_____

_____

Linguagem

6. Em *O Sol é testemunha*, o narrador se exprime de uma maneira muito próxima à linguagem de um jovem como Beto, chegando a usar gírias e expressões populares, o que dá mais verossimilhança ao relato. Cite três exemplos retirados do texto que ilustrem essa afirmação.

R.: _____

_____

_____

7. Além das gírias e expressões populares, a narrativa apresenta vários termos que podem ser considerados componentes de um jargão, isto é, um código linguístico compreensível apenas por um determinado grupo, no caso, o dos traficantes de drogas e os que com eles convivem. Ao se valer desse recurso, a autora leva o leitor a tomar conhecimento do mundo do tráfico de uma maneira mais viva e realista, ampliando, de certa forma, a consciência do problema. Explique o que significam alguns destes termos presentes no texto:

a) Alemães: _____

b) Vapor: _____

11. Kaline, a namorada de Maicon, estava num dilema: ficar com o namorado ciumento ou investir em seu sonho de ser *top model*. Você já esteve num dilema parecido? O que faria se tivesse de optar entre um sonho profissional e um grande amor?

R.: _____

_____

_____

12. Em certo momento, o narrador expõe: "[...] os traficantes, por sua vez, também pensam desse jeito: vendem a droga porque tem quem não viva sem ela [...]. Se quer usar até se matar, a culpa não é de quem vende...". (p. 25)
E você, o que pensa a respeito? Os traficantes são responsáveis pela dependência de drogas e suas consequências aos usuários? Ou os próprios usuários é que o são?

R.: _____

_____

_____

_____

13. Além de conhecer, desde pequenos, o mundo das drogas, os meninos do morro conhecem as armas, até as mais potentes. Em sua opinião, que relação pode ser estabelecida entre drogas e violência?

R.: _____

_____

_____

_____

_____

Pesquisando

14. Pelo menos dois filmes brasileiros muito famosos, reconhecidos e premiados internacionalmente, falam do problema das crianças e dos jovens envolvidos com o tráfico de drogas e outros crimes. Procure assistir a eles em vídeo:
- *Pixote – A lei do mais fraco* (Brasil, 1981. Dir.: Hector Babenco)
- *Cidade de Deus* (Brasil, 2002. Dir.: Fernando Meirelles)

15. Tentando oferecer meios para proporcionar um futuro longe da criminalidade aos jovens de comunidades desfavorecidas, autoridades governamentais e não governamentais desenvolvem, nesses lugares, projetos sociais, principalmente ligados às artes ou ao esporte. Saiba mais sobre alguns desses projetos acessando *sites* como: www.educacaopublica.rj.gov.br/jornal/materias/0190.html; www.goldeletra.org.br.

16. Pesquise em jornais e revistas e traga para a sala de aula uma notícia relacionada a um dos temas abordados no livro: tráfico de drogas, problemas mais comuns nas favelas, tiroteios, desabamentos, etc. Em seguida, com seus colegas de classe, monte um painel jornalístico com essas notícias.

■ Redigindo

17. "Uns são legais, outros tiram sarro porque ele mora na favela, preconceito mais besta, pô, parece que no morro só vive bandido!" (p. 5) Beto sofria com esse preconceito. Você já foi vítima de algum tipo de preconceito ou já se percebeu agindo ou falando preconceituosamente? Escreva em seu caderno um relato pessoal contando esse episódio. Caso não tenha tido nenhuma experiência parecida, produza um texto dando sua opinião a respeito.

18. Você conseguiu entender o que realmente aconteceu no final da história? Qual era a trama entre Maicon e Nero? Quem teria ajudado na libertação do empresário sequestrado? Solte a imaginação e escreva uma notícia que possa ser publicada na seção de crônicas policiais de um jornal de grande circulação.

19. Beto leva os "cachorrinhos de madame" para passear. E eles não podem tomar muito sol; alguns até têm direito a quarto com ar condicionado... Com seus colegas de grupo, comparem a vida desses cachorros com a dos meninos do morro retratado em *O Sol é testemunha*. Que conclusões podem ser tiradas a respeito? Vocês acham que as diferenças econômicas e sociais no Brasil são um problema sério? Até que ponto essas diferenças se relacionam com o tráfico de drogas nas favelas? Com a ajuda dos professores de Geografia e História, troquem idéias sobre essas e outras questões acerca desse que é considerado um dos problemas mais sérios do Brasil. Para finalizar, redijam um texto argumentativo, manifestando a opinião do grupo a respeito.

■ Trabalho interdisciplinar

20. Afinal, por que as drogas fazem mal à saúde? Por que viciam? Todas as drogas são perniciosas? É importante saber como os diferentes tipos de drogas agem sobre o corpo e também sobre a mente humana. O que caracteriza alguém como dependente de drogas? Por que os jovens se drogam? Procure levantar o máximo de informações sobre o assunto. A seguir, anote suas dúvidas no caderno e prepare algumas perguntas ao professor de Ciências, que poderá responder às questões da classe em sua próxima aula.

Para qualquer comunicação sobre a obra, entre em contato:
SAC | 0800-0117875
De 2ª a 6ª das 8h30 às 19h30
www.editorasaraiva.com.br/contato

Escola: _____

Nome: _____
_____

Ano: _____ Número: _____

Esta proposta de trabalho é parte integrante da obra *O Sol é testemunha*. Não pode ser vendida separadamente. © Editora Saraiva.

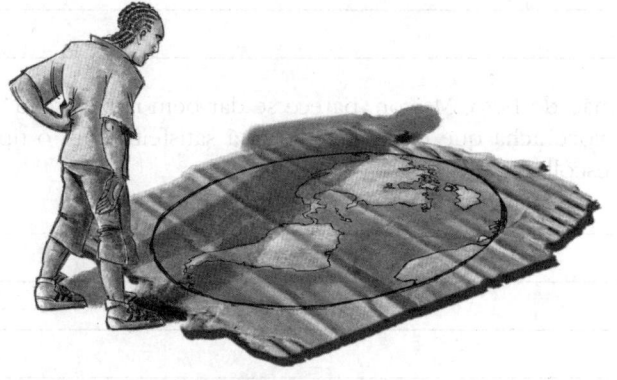

c) Gerente de boca: _____

_____

d) Olheiro: _____

_____

e) Endolador: _____

f) *Baby*: _____

8. A autora optou por não nomear alguns membros da família de Beto. No entanto, refere-se a eles usando sempre letras maiúsculas: Mãe, Pai, Vó. Em sua opinião, o que justifica a opção por esse recurso?

R.: _____

_____

_____

_____

Refletindo

9. Aproveite a reflexão feita na proposta acima e, reunindo-se com seus colegas de grupo, discutam: O que é preconceito? Por que ele se forma? Que tipos de preconceito podem afetar a vida das pessoas? E de que maneira? O que fazer para evitar uma postura preconceituosa? Exponham suas conclusões para o restante da classe.

R.: _____

_____

_____

_____

10. O irmão de Beto, Maicon, parece se dar bem na "carreira" do crime. Mas você acha que ele realmente está satisfeito com o tipo de vida que escolheu para si?

R.: _____

_____

_____

_____

Giselda Laporta Nicolelis
Ilustrações de Paulo Borges

2ª edição
7ª tiragem
2014

Conforme a nova ortografia

Copyright © Giselda Laporta Nicolelis, 2006

Editor: Rogério Carlos Gastaldo de Oliveira
Assistente editorial
e preparação de texto: Kandy Sgarbi Saraiva
Secretária editorial: Andréia Pereira
Suplemento de trabalho: Rosane Pamplona
Revisão: Pedro Cunha Jr. (coord.) / Cid Ferreira / Juliana Batista / Renato Colombo Jr.
Gerência de arte: Nair de Medeiros Barbosa
Diagramação: Edsel Moreira Guimarães
Capa: Gislaine Ribeiro

Dados Internacionais de Catalogação na Publicação (CIP)

Nicolelis, Giselda Laporta
  O sol é testemunha / Giselda Laporta Nicolelis; ilustrações de Paulo Borges — 2. ed. — São Paulo : Saraiva, 2009.

  ISBN 978-85-02-06237-5
  ISBN 978-85-02-06238-2 (professor)

  1. Literatura infantojuvenil I. Borges, Paulo. II. Título. III. Série

CDD-028.5

Índices para catálogo sistemático:

1. Literatura infantojuvenil   028.5
2. Literatura juvenil   028.5

Rua Henrique Schaumann, 270
CEP 05413-010 — Pinheiros — São Paulo — SP

SAC | 0800-0117875
De 2ª a 6ª das 8h30 às 19h30
www.editorasaraiva.com.br/contato

Todos os direitos reservados à Editora Saraiva

200924.002.007

Sumário

Beto 5
Noite em claro 14
Bancando o detetive 22
Kaline 30
O encontro 38
Um mundo melhor? 46
Coração de Mãe 54
Noite de terror 62
A coisa se complica 70
A missão 78
Apocalipse 86
Novos tempos 94
Susto! 102
Fim de linha 110

Beto

Fim de tarde. Subindo o morro, mochila nas costas, Beto vai jogando pensamento fora... Pensa na escola, nos professores. Alguns são dez, bem-humorados, pacientes, dão o recado; outros, ao contrário, parecem estar de mal com a vida — o mundo é feito de gente diferente, não é?

Os colegas também. Uns são legais, outros tiram sarro porque ele mora na favela, preconceito mais besta, pô, parece que no morro só vive bandido! Ele sabe que não é assim: a maioria na comunidade é gente boa, trabalhadora, que sai logo cedo pra batalhar o salário no fim do mês. E vive espremida entre a polícia, muitas vezes brutal, e o dono do morro — aquele que aparece pouco por lá, mas manda em tudo por intermédio de seu gerente geral — cara temido porque comanda outros gerentes, que, por sua vez, comandam os soldados e o resto do pessoal, como se fosse um exército bem treinado, e as coisas rolam como eles querem — fazer o quê?

Beto não vê a hora de chegar em casa, tirar o uniforme suado, os tênis, as meias, vestir uma bermuda — depois, sem camisa e descalço, bater um bolão no campinho no alto do morro, vendo o Sol se esconder no horizonte, bola grande e vermelha no céu.

Mãe não gosta muito disso, vive com medo, avisando:

— Nada de ficar por aí, dando rolé à toa... meu coração não aguenta mais tanta aflição!

Mãe tem razão. Tantas como ela ficam caçando os filhos feito loucas; às vezes acham, às vezes não. Uns a polícia leva dentro do camburão e nunca mais aparecem — como se tivessem sido... como é mesmo a palavra? Ah! Ab-du-zi-dos, isso, abduzidos por uma nave espacial. Outros morrem lutando como soldados, trocando tiros com a polícia ou com os *alemães* — caras de facções inimigas que invadem o morro de surpresa, querendo tomar conta do pedaço. Ou então morrem executados pelos próprios companheiros de tráfico. Ali, motivo pra matar ou pra morrer é o que não falta.

De vez em quando, Beto lembra, arrepio correndo pelo corpo, é descoberto um cemitério clandestino lá pelas bandas do morro — lugar ermo onde se desovam os presuntos. Sempre se dá um jeito de se livrar de um corpo, as ossadas não deixam mentir. Pois não são os garotos assim como ele, a partir de uns dez anos, que largam a escola pra fazer "carreira" ali no morro? Salário ou comissão garantidos, regalias, droga à vontade e arma na mão.

— É morte certa, assim como o Sol nasce e se põe todo dia. Se quer morrer cedo e me matar junto, vá por esse caminho torto — repete a mãe, feito ladainha.

Mãe ficou na porta da escola pública três dias e três noites, acampada por lá até conseguir uma vaga pra ele. Foi a primeira a chegar, com água, pacote de bolacha, guarda-chuva e colchonete. Logo se formou uma fila imensa... Mãe só abandonava o posto pra ir ao banheiro, e assim mesmo quando alguém revezava com ela pra garantir o lugar e os pertences. Aguentou chuva, sol, a roupa grudada no corpo de tanto suor — mas não arredou pé. Quando a escola abriu, três dias depois, Mãe adentrou gloriosa os portões: vaga garantida, cria fora do mau caminho, missão cumprida.

"Coitada da mãe", pensa Beto. Ganha, trabalhando como faxineira em casas de uns bacanas, lá na Zona Sul, quando muito duas *pernas* por mês — o que ela pode fazer com 400 reais? Sai de madrugada pra enfrentar o *buzão*, se espreme como pode lá dentro, Mãe é gorda, ele nem sabe como ela passa na catraca, deve ser uma luta. E não é gorda de tanto comer, deve ser dos remédios que ela toma pra pressão alta e que ela vai buscar no posto de saúde — quando tem, né? Se não tem, precisa dar outro jeito, que o aluguel do barraco e o de-comer vêm primeiro.

Beto suspira fundo: vontade de crescer logo pra completar o ensino médio, arrumar emprego com carteira assinada, pra ajudar Mãe. Muitos garotos, que nasceram e cresceram com ele na favela e agora viraram marginais, até mesmo os próprios irmãos, dizem que ele é um zé-mané. Podia estar ganhando os tufos se fosse "formado", quer dizer, se entrasse pro tráfico, que paga em dinheiro vivo e por semana, sem precisar esperar o fim do mês. Sem falar nos *envenenados*, os cigarros com mistura de maconha e cocaína distribuídos à vontade entre a garotada, deixando todo mundo meio doidão.

Começaria como *olheiro* — firme lá na *contenção*, os pontos mais altos do morro —, munido de *walkie-talkie* e fogos de artifício, pra avisar da chegada dos *gambés*, os odiados *canas*, ou dos *alemães*. Cento e cinquenta reais por semana, mais da metade do que um pai ou mãe de família às vezes recebe no final do mês. Mas tem as pedras no caminho: se encontra uns *canas* pela frente, pode tirar um tempo de cadeia; se dorme na *contenção*, é muito pior: aí é olho por olho — morrendo algum companheiro, o preço a pagar pode ser a própria vida.

Depois, continuando a "carreira", passaria pra *vapor*, aquele que vende a droga direto pro consumidor, ali mesmo, nas bocas. Moleza. Carrega dois sacos plásticos: num deles, as trouxinhas de maconha; no outro, os sacolés de cocaína. E mais a bolsa a tiracolo, claro, pra colocar a grana — ai de quem não prestar contas certinho com os gerentes de bocas depois do expediente, que vai do meio-dia até as cinco da madrugada do dia seguinte. Falhou também é morte certa, como dois e dois são quatro.

Vapor que se preza ganha por comissão: 100 reais pela carga inteira. Tem saco com mais de quinhentos sacolés de cocaína. E tem dias que o carinha vende até três sacos. *Vapor* bem-sucedido pode ganhar até 300 reais num dia só — quer vida melhor?

Ou então podia começar como *endolador*, preparando a droga pra ser vendida, o que inclui a mistura com outros produtos pra render mais, como pó de gesso. Depois separar a droga em sacolés de 3, 5, 10, até 20 reais. Cada carga vale 50 reais para o *endolador*. Quanto mais rápido trabalhar, mais ganha. Nesse cargo o risco é menor, já que o cara tem de ficar meio embutido, né?

Se gostasse de briga, podia virar *soldado* — quantos garotos Beto conhece nessa posição: neguinhos mirrados, mal aguentando carregar um AK 47, fuzil russo, metade do moleque de tão grande. Ou então um Colt AR-15, que eles chamam de *baby*, submetralhadora, pistola, revólver, até granada. Nem precisa saber atirar: sai tanta bala que sempre alguma coisa se acerta e o estrago está feito. Quatrocentos reais por semana pra defender a boca, quase um *barão e meio* por mês! O risco de morrer é maior, claro! Mas fazer o quê? A vida é uma aventura.

No morro a "carreira" é rápida; morre muito garoto, é como rodízio de gente. Um lance legal, diziam, era ser *fiel*, um cara da maior confiança dos gerentes ou do gerente geral, cão de fila sempre na defesa do seu dono. Fatura uma boa grana, dependendo da confiança que inspira.

Um garoto poderia chegar a ser um *gerente de boca*, responsável pela venda de drogas em determinado local da favela. O que não falta por ali é boca de fumo. Mas, se desse sorte, viraria um *gerente de preto*, aquele que cuida de toda a venda de maconha do morro, ou *gerente de branco* ou *de pó*, responsável por toda a cocaína. Daí o lucro é maior, quase um *barão*: oitocentos reais por semana. *Gerente dos soldados* também é cargo muito solicitado porque paga bem e "dá *status*".

Continuando a ascensão, talvez chegasse até a ser um poderoso *gerente geral*, que administra toda a venda de droga e a defesa das bocas na favela. Esse ganha comissão pelo total de droga vendida e tem todo o interesse, claro, em que seja vendida a maior quantidade possível.

Quem alcançasse o topo da pirâmide seria então o *dono do morro, o homem, o patrão*, cujo faturamento não tem limite, e que só aparece na comunidade pra levar as drogas que comprou do *matuto*, o atacadista, pra entregar as armas e recolher o lucro das vendas. Mas daí, segundo os caras, já seria tirar a sorte grande.

Sorte? Mãe até rilha os dentes de ódio quando ouve isso. Sorte por acaso é viver 24 horas a serviço do tráfico, de sol a sol, vivendo e dormindo como bicho acuado, de arma na mão e medo de morrer a qualquer instante?

Sorte é não ter vida própria, obedecendo às ordens que vêm lá do *dono do morro*, que a maioria não sabe quem é? (Mãe duvida muito que ele viva em barraco de pobre; deve morar em algum condomínio de luxo, porque pode ser qualquer um: político, empresário, tratado com respeito, frequentando os melhores lugares, posando de cidadão exemplar). Se o *dono do morro*, por meio de seus gerentes, mandar moleque matar, o carinha tem de obedecer, seja lá quem for a vítima: amigo de infância, vizinho, até mesmo parente de sangue. Ou mata ou morre, essa é a lei.

Sorte é morrer antes dos dezoito anos, deixando mãe desesperada, além de uma viúva e filhos órfãos? Se isso é *sorte*, então é melhor que ele nunca tenha sorte na vida.

Mãe, como tantas outras ali na favela, é chefe de família. Pai morreu cedo, Beto era muito pequeno, mal se lembra dele. É quase um estranho aquele homem jovem que o olha de frente no retrato em cima da mesa. Parece feliz, abraçado à moça sorridente vestida de noiva. Mesmo com a vida sofrida cobrando seu preço, Mãe ainda continua bonitona.

De vez em quando, Mãe desanda a falar dos tempos bons, quando o marido ainda era vivo e trazia o sustento pra casa, e eles eram quase felizes, mesmo levando a vida dura ali no morro.

Um dia, faz tempo, Beto não aguentou mais de curiosidade e fez a pergunta que não queria calar:

— Mãe, do que Pai morreu?

— Morreu, só isso — disse Mãe, fugindo do assunto. De tristeza já bastava a vida.

— Matado ou morrido? — ele quis saber.

— Matado — confirmou Mãe, seca.

— Pai era bandido? — perguntou, na lata.

— De onde você tirou essa besteira, menino? — Mãe parecia ofendida com a pergunta.

— Besteira, nada — insistiu. — Quero saber se posso ter orgulho dele ou esquecer que ele existiu.

Mãe suspirou fundo antes de responder:

— Você tem razão. Você pode ter orgulho do seu pai; ele era um homem trabalhador. Foi confundido com X-9, inventaram que ele era alcaguete, coisa de gente invejosa, baba-ovo de traficante.

Ficou olhando pra Mãe, meio sem jeito. Depois perguntou:

— E como é que mataram ele?

— Chega desse assunto, não é coisa pra você saber.

— Mas era meu pai, eu tenho esse direito...

Mãe ficou em silêncio por alguns instantes, então contou, ele ouvindo, quase sem acreditar.

Pai era mecânico, dos bons, saía todo dia bem cedinho pra ir trabalhar lá embaixo, na cidade grande, numa oficina. Homem sério, tinha raiva dos traficantes, mas não se metia com eles. Cada um na sua. O sonho de Pai era melhorar de vida, tirar a família da favela: além da esposa, quatro filhos homens, Beto o caçula. Tinha medo de que um dos meninos fosse seduzido pelo dinheiro fácil que o tráfico prometia.

O que mais assustava Pai era que os traficantes nem precisavam aliciar os garotos; eram eles que se ofereciam, até suplicavam pra entrar no esquema. Começavam rodeando os gerentes, fazendo pequenos favores, levando recado ou comprando lanche, refrigerante, maço de cigarro — olho grande na ostentação de riqueza dos outros, manos, que desfilavam tênis e roupas de grife, nos bailes *funk*, joias e *minas* atraídas pelo poder e pela fartura de grana. Tinha cara ali até com harém.

— Mas não adiantou muito a preocupação do pai, né? — disse Beto. — Os manos todos acabaram indo pro tráfico...

— Pra desgraça do coitado do seu pai — completou Mãe. — Vieram contar pra ele que dois dos meninos tinham virado *olheiros* e o mais velho, fazia tempo, já era *fiel*, servindo de segurança pra um dos gerentes.

— E o que Pai fez quando descobriu?

— Ele endoidou, ficou fora de si, falou o diabo pros meninos, que, então, saíram de casa e foram morar sozinhos, pra evitar mais confusão. Foi aí que um vizinho, que tinha ouvido a discussão, dedurou seu pai, inventando que ele ia *xisnovar* pra polícia.

— E os caras acreditaram...

— Não só acreditaram como mandaram emboscar seu pai quando ele chegava do trabalho. Teve gente que viu mas ficou calada; quem ia se atrever a servir de testemunha? Só sei que seu pai sumiu, e eu fiquei como louca procurando em tudo que foi pronto-socorro e IML; não tinha corpo ferido nem morto, nem nada...

Beto, de olho arregalado, esperou o fim da história. Mãe, o rosto crispado, completou:

— Um dia, tempos depois, a polícia deu uma batida na favela, descobriu um desses lugares ermos, bem no alto do morro, onde os traficantes executam os jurados de morte — depois de torturar, queimam os caras às vezes ainda vivos dentro de pneus velhos, que eles chamam de "micro-ondas". O que restou do seu pai estava lá, deu pra saber por causa de um pino de metal que ele tinha numa perna e ficou assim meio derretido...

Noite em claro

Nessa noite Beto não conseguiu dormir, a revolta fazendo acelerar seu coração de menino. Aquela história, pior que filme de terror, martelando as suas ideias. Como é que um homem honesto, chefe de família, que não fazia mal pra ninguém, podia ser morto daquele jeito covarde? Ele era muito criança, nem lembrava do desespero de Mãe, ficou aos cuidados de uma vizinha que até hoje ele chama de Vó, enquanto Mãe perambulava procurando pelo marido.

E os irmãos? Como é que, mesmo sabendo o que tinham feito com o pai deles, ainda continuavam trabalhando pro tráfico? Será que era por medo, ambição ou covardia? Ele precisava descobrir a verdade. Mas é apenas um garoto, o que ele pode fazer? Já chega o desgosto de Mãe: ter perdido o marido e os filhos mais velhos pra essa desgraceira toda.

Logo depois da morte de Pai, Mãe contou, os irmãos vieram, meio abalados, querendo ajudar. Ofereceram dinheiro pro aluguel, comida, remédio. Mãe deu um chega-pra-lá neles, disse que dinheiro sujo não entrava em casa de gente honesta — se escolheram ser bandidos, pelo menos deixassem ela e o caçula em paz.

Eles foram embora, mas sempre voltavam, deixavam até dinheiro em cima da mesa. Quando Beto cresceu, insistiam com ele:

— Convence a mãe a deixar de ser cabeça-dura e aceitar nossa ajuda. Tem dinheiro nem pra remédio, precisa pedir de favor como mendiga, o pai não ia gostar de saber...

— Pai tá morto — ele respondia. — Fica sabendo, não.

— Mesmo assim — dizia o Maicon, o irmão mais velho, quem sabe com um pouco de remorso na consciência.

Mãe nunca deu moleza. Quando descobria o dinheiro, ficava brava, devolvia ou mandava Beto devolver. Mas, se não encontrava o remédio lá no posto, sua pressão subia; então passava mal, tinha tontura, dor de cabeça, o nariz chegava até a sangrar. Ela não contava nada pras patroas de medo de ser dispensada do serviço — como é que ela ia encarar o aluguel, a cesta básica?

Beto então se desesperava. Se Mãe morresse, o que seria dele, sozinho no mundo ali no morro? Ia ter de apelar pros manos, até entrar pro tráfico pra sobreviver. E onde estivesse, Mãe ia sofrer como alma penada.

O diacho é que Mãe é daquelas que quebra mas não cede. Não aceita dinheiro sujo e pronto. Pode até morrer que não volta atrás. Então, ele teve de achar um jeito de ganhar um dinheiro honesto, pra comprar o bendito remédio.

Ele sempre foi do bem: aluno querido dos professores. De manhã, estuda, faz lição de casa, depois dá um jeito no barraco, come o rango que a mãe deixou pronto e vai pra escola. Outros garotos do morro, quando as mães saem pra trabalhar, ficam soltos por ali, só dando um rolé. Grande parte é como ele, tem mãe como chefe da família: o pai sumiu ou morreu.

Largados à própria sorte, veem o que não precisam, convivem com o tráfico a céu aberto, conhecem arma de tudo que é calibre. Alguns ainda vão à escola, outros não. Nem toda mãe é igual à dele, tem paciência ou coragem pra conseguir vaga. E alguns fogem da escola como o diabo da cruz, já de olho em ter um amigo que os apresente pra algum gerente e, assim, entrar na "organização". Serve até virar *aviãozinho*, levando mensagem ou entregando droga em domicílio, como *pizza*.

Então, levantando mais cedo, quem sabe ele pudesse fazer uns bicos pra comprar o remédio de que Mãe precisava. Tanto procurou que achou, lá embaixo, na pista dos bacanas: lavava carro, cortava grama, dava uma de marrequinho, empurrando carrinhos de compras das madames nos supermercados e nas feiras, levava totó pra passear e tudo o mais que pudesse fazer. Foi ponto de honra. Mas nunca mais faltou remédio pra Mãe. Ela, ainda desconfiada, vez ou outra perguntava:

— Tem certeza que é dinheiro honesto, filho?

— É de lei, mãe, fica sossegada.

Rolando na cama, sem conseguir dormir, cérebro em ebulição, cheio de pavor e desejo de vingança ao mesmo tempo, Beto pensa: "Onde andará o cara que mandou matar Pai, assim, como se fosse um dono do mundo, o senhor da vida e da morte de uma pessoa?".

Ele nunca soube o nome do sujeito e, quando perguntou pra Mãe, ela não quis contar. Os irmãos talvez lhe digam, em segredo. Pros outros ali da favela é tempo perdido: mesmo que soubessem, não iam dar com a língua nos dentes — já pensou? Era *xisnovar* e viravam presuntos no dia seguinte.

Mas os irmãos sabem, tem quase certeza. Ele precisa descobrir se o cara ainda vive — morre tanto traficante ali no morro que o rodízio de gerentes é constante, e cada vez é gente mais nova que substitui os falecidos. Tem gerente por ali de dezesseis anos, pouco mais que um garoto. O irmão mais velho mesmo, o Maicon, também virou gerente de uma boca quando era bem jovem, depois que o chefe, de quem era *fiel*, morreu num confronto com os *canas*.

Se o mandante daquele crime medonho não morreu, talvez esteja em alguma penitenciária, até mesmo nas ditas de segurança máxima... Mas, mesmo lá de dentro — seja por descuido ou corrupção, ele já ouviu falar, no bochicho da comunidade —, os caras mandam e desmandam usando celulares; ou, quando eles são bloqueados, por meio dos advogados ou das visitas de parentes que viram meninos de recado pra quanta droga deve ser vendida, quem vai ser sequestrado, viver ou morrer, e por aí. Sempre se dá um jeito de a ordem chegar até o morro.

Outra coisa que ele precisa saber é: por que os manos não morreram junto com o pai? Qual o motivo de terem se salvado da retaliação? Afinal, pra bandido, matar mais três não faz a menor diferença; bandido não tem coração. Deixava só a mãe, que não ia ser boba de abrir a boca, e ele, uma criança inocente.

Pra Mãe também não pode perguntar isso, é sofrimento demais. Ele precisa é trocar um lero com o Maicon, o mano mais velho. Fazer o cara contar aquela história, tintim por tintim.

Faz tempo que ele não vê os irmãos. Depois que se convenceram de que Mãe não aceitaria dinheiro nenhum, sumiram, não apareceram mais... Também, o tráfico só para das cinco da manhã até o meio-dia, quando a turma dá um *rolé para o baile*, que ninguém é de ferro, e a clientela devia estar dormindo.

Quando o Sol fica a pino, as bocas abrem novamente e o negócio rola até alta madrugada. Se quisesse falar com o mano, tinha de ser nesse horário de descanso. E isso ele vai fazer o mais cedo possível.

Só precisa driblar o controle de Mãe; ela é fogo. Quer saber de todos os seus passos, com quem anda, onde faz os bicos. De vez em quando até dá uma incerta lá nas feiras ou no lugar em que ele lava os carros... Não adianta tentar enganar, que a mãe descobre. Beto acha legal, se sente protegido. Talvez Mãe sinta remorso porque os filhos mais velhos já estão "formados" no tráfico e pense assim: "Este eu não posso perder de jeito nenhum...".

Beto suspira fundo, tenta se acalmar, pensando na mãe. Mesmo cansada, com a alma cheia de cicatrizes por tudo que passou na vida, ela ainda é vistosa, tem presença: morena alta, em cima do salto. Todo mundo a trata com respeito porque sente a força, a firmeza. Quando alguém precisa de um conselho, não hesita, vem conversar com ela, a mãezona de todo mundo. Ele tem muito orgulho disso.

Outra a quem todo mundo quer bem é a que Beto chama de Vó, vizinha dele, desde que se conhece por gente. Ela foi enfermeira toda a vida, trabalhava num grande hospital. Agora, aposentada, atende as mulheres da comunidade. Vira e mexe, tem gente afobada batendo na porta da Vó, pedindo pra ela ir acudir alguém ou aparar criança que já tá nascendo quando não dá mais tempo de a mulher descer o morro e ir pra maternidade.

E o que não falta aqui na favela é mulher grávida, melhor falando, menina grávida. É o que mais tem; até na escola e na classe do Beto tá cheio de garota "de bucho". Muitas deixam de estudar, de vergonha da barriga.

Mãe diz que isso é uma barbaridade, parece epidemia. Que essa criançada toda, que nasce assim, vai ficar tudo largada por aí como as outras, enquanto as mães saem pra trabalhar... se é que acham trabalho depois de abandonar a escola por causa da gravidez. Porque os namorados, depois que descobrem que a *mina* engravidou, a primeira coisa que fazem, os safados, é dar no pé, e a garota que se vire sozinha com o filho que ainda vai nascer.

Tem muita tristeza ali no morro, mas também tem suas horas de alegria. Coisa pouca, de gente pobre, mas que faz bem pro coração. É quando alguém, muito tempo desempregado, chega feliz da vida porque arrumou serviço, nem sempre de carteira assinada — fazer o quê? Já dá graças a Deus por defender o leite das crianças. Depois, quando procura emprego, também tem aquela de mentir sobre o endereço, porque, se o empregador descobre que o sujeito mora num morro dominado por traficantes, já descarta no ato. Vá lá saber se o cara ali na frente dele também não mexe com drogas e vai traficar dentro da firma? Ou se é parente de algum bandido que pode vir se vingar se o chefe despedir ou chamar a atenção do funcionário?

Nesses dias de alegria, o morador feliz faz um churrasco e convida os parentes e vizinhos. Tem gente que nem foi convidada, mas aparece assim mesmo. A carne pode até ser de segunda, mas a bebida vem bem gelada. E o pessoal encerra a festa cantando e batucando em caixas de fósforos, pra espantar a tristeza e recarregar a esperança, que o dia de amanhã a Deus pertence e Ele é maior.

Mas não passa muito tempo sem que não se veja mãe chorando de filho que morreu seja por acerto de contas dos traficantes, ação da polícia ou bala perdida. E gente saindo desesperada pra reconhecer parente no IML, preparar a papelada pro enterro, fazendo até vaquinha entre os vizinhos pra encarar a despesa.

É como se fosse um tempo de guerra, e todo mundo fizesse de conta que dá pra viver de um jeito normal, porque não tem coração que aguente tanta aflição. Então faz churrasco, canta, vai pros bailes *funk*, se vira como pode, fingindo que se diverte e tá tudo numa boa.

E dá graças a Deus de ter chegado vivo no fim do dia. E pede a Deus pra continuar vivo no dia seguinte, e Deus há de querer.

Sorte assim o pai dele não teve. Quem o mandou matar roubou a vida de um homem cheio de sonhos: sonho de sair do morro, de ver os filhos, todos eles, crescerem e viverem honestamente. Sonho de ter sossego na vida, de esperar pelos netos, de envelhecer feliz, certo do dever cumprido.

Roído de mágoa por dentro, Beto se pergunta: "Que direito tem um cara de destruir os sonhos de alguém? De privar uma pessoa da própria vida, deixar mulher viúva, filhos sem pai?"

O que pensa da vida um sujeito desses? O que ele merece? Que alguém pegue o cara, como manda fazer com os outros, leve pra um lugar ermo lá no alto do morro e, depois de meter uma bala na cabeça dele, queime o que restou no tal micro-ondas?

Beto estremece, horrorizado com a própria ideia. Será que ele teria a frieza de, por vingança, agir também dessa maneira? Mas daí, pensa, ele não seria igual ao bandido que mandou matar Pai? Igualzinho, sem tirar nem pôr?

É isso que ele quer pra própria vida? Ser um cara sinistro, tipo bárbaro, que mata inimigos, mas também mata inocentes? O que adiantaria comprar remédio pra Mãe? Ela, com certeza, morreria de tristeza e vergonha se soubesse que o filho caçula também tinha virado um marginal cruel.

Mas, por outro lado, se Beto continuar sendo do bem, o cara que mandou matar o pai dele não vai ficar impune pra sempre? Porque esperar que a polícia pegue tudo que é bandido e a Justiça mantenha preso, aí é acreditar mesmo em milagre.

Os galos já cantam, na madrugada, e Beto continua rolando na cama, angustiado, dividido entre a vingança e o perdão.

Bancando o detetive

Beto pegou no sono só de madrugada. Então perde a hora; quando acorda, o Sol já está a pino. Não adianta mais descer o morro, as feiras já estão quase acabando, as madames já ocuparam outros marrequinhos pra levar as compras. Sem falar nos cachorros que ele leva pra passear — tão mimados que não podem sair com sol muito quente porque "faz mal". Tem de ser logo cedo ou no final da tarde. Tem até cachorro que vem de longe, de outro país; peludo de dar dó nesse calorão, precisa ficar em quarto com ar condicionado, senão morre... Então, pra que trazer o coitado pra cá? Pra viver como prisioneiro?

Beto toma banho, se veste; depois de comer o rango, prepara a mochila e, com um tempo sobrando até o início das aulas, sai dando um rolé pelas vielas do morro, pra tentar encontrar o Maicon. A essa altura, ele deve estar quase acordando, porque as bocas não tardam a abrir; então, mesmo que soubesse onde ele está, não ia dar tempo pra uma conversa tão séria. Parece que agora o mano subiu de posto, virou gerente dos *soldados*, mas ele não tem certeza.

O difícil vai ser descobrir onde é o esconderijo do Maicon quando fica na moita, das cinco da manhã ao meio-dia. Gerente que se preza nunca dorme várias noites no mesmo lugar. Varia, disfarça, dormindo nas casas das *minas* ou dos companheiros pra dificultar a ação da polícia quando sobe o morro...

Zanzando sem destino, Beto pensa que por ali anda tudo muito tranquilo, faz um certo tempo que não há confronto entre os *gambés* e o pessoal do tráfico — dá até pra desconfiar.

Numa das vielas, Beto cruza com Zé Grandão, que acena pra ele, sorridente. Tem esse apelido porque é um cara enorme, quase dois metros de altura, um massa; ninguém, nem bandido, é besta de se meter com ele. Zé Grandão foi marinheiro quando jovem, rodou o mundo inteiro, conta cada coisa de arrepiar. É ele quem fala que, quando o mar parece muito sossegado, o ar parado, o pessoal a bordo fica de orelha em pé — de repente, como que saindo do nada, a tempestade chega e arrebenta com tudo. Já imaginou, encarar ondas tão altas que parecem quase um prédio, desabando com fúria em cima do barco e das formigas humanas dentro dele?

Então, quando o morro fica assim tranquilo, Beto se arrepia porque lembra essa história de tempestade chegando... "Cruz-credo!", se benze, batendo três vezes na madeira, pra espantar o azar.

Zé Grandão é um andarilho, vaga pelo morro o tempo inteiro, conversa com todo mundo, sabe de tudo o que acontece por lá. Ninguém sabe do que ele vive, mas o homem anda sempre risonho, puxando prosa. Nem sempre as pessoas gostam disso. Aliás, ali no morro, tem gente que parece aqueles macaquinhos que não ouvem, não veem e não falam nada. Por isso, quando a polícia quer prender alguém, esbarra sempre na falta de testemunhas. É o medo da retaliação dos bandidos que faz o pessoal agir assim. Os *canas* até prometem proteção — Vai acreditar nessa furada! Quando eles viram as costas, não sobra ninguém, nem mulher grávida pra contar a história.

Beto trata de acelerar a marcha antes que Zé Grandão puxe conversa. Mas o homem não é de dar moleza. Acerta o passo com Beto e pergunta, na lata:

— Ué, garoto, dando um rolé no morro a essa hora da manhã? Não foi passear os cachorros das madames hoje?

— Perdi a hora — diz Beto. — Tô indo direto pra escola.

— Faz bem, menino, faz bem. Pelo menos vai ter futuro melhor do que os seus irmãos... — diz ele, e completa: — Tem mãe boa que merece um filho trabalhador.

Beto fecha a cara; não gosta que falem mal dos irmãos. Zé Grandão é um grande enxerido. Ele que cuide da vida dele. O outro percebe que não agradou, se despede, vai cuidar da vida, achar algum desocupado pra ficar de papo.

Beto olha no relógio de pulso: ainda tem um tempo livre. Quem sabe a namorada do Maicon, a Kaline, conte por onde ele anda. Saber, claro, ela sabe, resta ver se vai dar o serviço.

A Kaline, a essa hora, deve estar secando os longos cabelos ao sol... As *minas* exigentes vão todas lá pra pista dos bacanas arrumar os cabelos nos cabeleireiros das madames. Só as *minas* mais pobres é que usam os salões ali do morro mesmo. E pra Kaline, namorada de um chefe do tráfico, o que não deve faltar é grana pra isso. Mas ela diz que cabelo seco ao sol bem quente fica mais bonito e brilhante.

Engraçado, pensa Beto, o pessoal do tráfico, desde o olheiro até o gerente geral, recebe em grana viva. Depois se manda tudo pros *shoppings* dos bacanas, entra nas lojas e, sem nem querer saber o preço ou pechinchar, vai comprando roupa e tênis de grife, joias... em *cash*. Será que os donos de lojas e os vendedores não desconfiam dos caras que compram as coisas mais caras e não têm nem talão de cheque, nem cartão de crédito, e o bolso recheado de dinheiro?

Das duas uma: ou fazem de conta que não sabem, ou tão carecas de saber e acham ótimo que eles comprem adoidado sem nem perguntar o preço. Se são do tráfico, não é problema deles, sacou? Se é um tipo de lavagem de dinheiro, também não. E, possivelmente, se os caras deixassem de comprar, ia ser um baque pros lojistas. Então, como dinheiro não conta se é honesto ou não, que diferença faz se o cliente, entrando na loja de carteira recheada, é bandido ou cara do bem?

Gozado, continua raciocinando Beto, os traficantes, por sua vez, também pensam desse jeito: vendem a droga porque tem quem não viva sem ela; precisa subir o morro pra comprar ou pede pra entregar em casa, o tal *delivery*. Se quer usar até se matar, a culpa não é de quem vende...

Então, todo mundo lava as mãos, e fica tudo numa

boa, que "cada um desce do bonde como quer", como diz a vó, porque ela é do tempo em que ainda havia bonde, que ele, Beto, nunca viu.

Mãe fica louca da vida quando ele conta isso. Diz que é muito fácil se fazer de mané, fugir da responsabilidade. Que gente não é bicho, tem consciência, caráter. Mãe gosta muito dessa palavra, *caráter*. Diz que Pai morreu por causa disso; pagou o preço por ser um homem de bem. Mesmo bicho fica parecido com o dono: se o dono for violento, criar o bicho assim, não há quem segure a fera.

Não vê as guerras pelo mundo todo? Aquele horror que passa na tevê o tempo inteiro? Até crianças mutiladas ou então morrendo, numa sangueira sem fim? Os soldados que atiram as bombas têm sempre a mesma desculpa: obedecem ordens. Mas que gente é essa que se diz dona da vida e da morte de alguém? É tudo gente sinistra, que não tem Deus no coração. Mesmo os outros irmãos dele: tiveram sorte, ficaram vivos — até quando?

Mãe diz que ninguém sente pena das mulheres que ficam chorando sobre os cadáveres dos seus filhos. Elas não querem saber se a guerra foi justa ou não, se os filhos eram de um lado ou de outro. Só se lembram das crianças que geraram nos seus ventres, que amamentaram e criaram, pra depois ver morrer antes delas, uma coisa assim contra a própria natureza. Que ela mesma já preparou o coração e a coragem pra quando vierem contar que os irmãos dele foram assassinados ali no morro...

"Credo, mãe", ele diz. "Não agoura; falando assim me dá um frio na barriga." E Mãe replica que tá falando verdade verdadeira, que um dia, ela sabe, vai ter de encarar. Já está até preparando as lágrimas...

Beto apressa o passo, precisa encontrar logo a Kaline, não quer se atrasar para a escola. O ano está quase no fim, e ele vai se formar no curso fundamental. Mãe já se prepara pra enfrentar outra fila pra conseguir vaga pra ele à noite, no ensino médio. Daí vai ser bom, ele pode arrumar um emprego de carteira assinada, o dia inteiro, pra ajudar em casa. Mãe tem um pouco de medo, porque subir o morro tarde da noite é perigoso, sempre se corre o risco de ficar entre os *canas* e o pessoal do tráfico, levar uma bala perdida — que fazer? Ele não vai ser o primeiro nem o último garoto a levar esse tipo de vida. Filho de bacana é que pode se dar ao luxo de só estudar.

Mãe, que trabalha em muitas casas lá num condomínio de luxo, diz que tem garoto ou garota que nem aproveita a sorte que tem: vai mal nos estudos, fica de recuperação, às vezes até tem de trocar de escola porque repetiu de ano. Ela, lá no serviço, fica ouvindo as brigas dos pais com os filhos, cobrando mais responsabilidade.

E isso não é o pior. Tem garoto ou garota que é dependente de droga e até assalta as próprias casas ou então as dos vizinhos, quando eles estão fora ou viajando, pra roubar joias ou dinheiro. Já aconteceu até em casa onde Mãe trabalha. Sorte que ela é conhecida como pessoa honesta, do bem, senão tinha sobrado pra ela... Os patrões, a polícia, todo mundo desconfia primeiro da empregada; quando vão ver, os ladrões são da família... E fica todo mundo de bico calado, pra não desmerecer a propriedade deles — já imaginou? Quem ia querer comprar casa num condomínio onde não se pode confiar nos vizinhos? Claro que tem muita gente boa também, com filhos responsáveis e estudiosos, mas Mãe diz que, numa cesta de cebola, quando uma é podre, é perigoso apodrecer todas as outras.

Beto chega na casa da Kaline, bate na porta. Pelo visto não tem ninguém em casa. A Kaline, que não trabalha nem estuda, deve ter descido o morro pra fazer compras; "grana é o que não falta", pensa novamente.

Uma vizinha aparece no portão, pergunta o que ele quer. Ele responde com outra pergunta: quando pode encontrar a Kaline em casa, precisa falar urgente com ela. A mulher o reconhece:

— Você não é o Beto, irmão do Maicon, o namorado da Kaline?

— Sou, sim senhora.

A mulher então faz um pequeno discurso: que é uma pena que uma garota com uma família tão boa, pai e mãe, o que é tão raro ali no morro, e com tanto pretendente trabalhador e honesto, fosse se engraçar justamente com o Maicon, um traficante. Que ele desculpasse, porque era irmão dele, e sangue sempre fala mais alto, mas que a Kaline deu um baita desgosto pros pais com essa atitude, ah, isso era verdade, e ela não podia mentir.

— É uma pena mesmo — concorda Beto. — Também acho que a Kaline merecia um destino melhor.

— Que destino, o quê, meu filho? — reage a mulher. — Destino é a gente quem faz. O que a Kaline viu no Maicon foi dinheiro fácil pra comprar o que ela sempre quis, e os pais, como são gente pobre, nunca puderam dar. Mas ela ainda não se deu conta: mulher de bandido é pra sempre. Se algum dia ela quiser pular fora, aí sim, vai ver a burrice que cometeu.

A mulher continua falando e ele só concordando. Até que consegue se livrar e dar no pé. Corajosa a fulana. Imagine só se o Maicon ficasse sabendo. Que garantia ela tinha de que Beto não ia *xisnovar*? Acho que estava com tanta pena dos pais da Kaline que não aguentou e botou a revolta pra fora. Deixa pra lá. Ele já tem os próprios problemas pra resolver.

Desce o morro e se dirige pra escola. Chega bem na hora em que o portão vai fechar. Entra meio murcho na sala de aula, calado, justo ele que sempre é repreendido pelos professores porque fala demais.

No intervalo, a professora de Português, a dona Marineide, que sempre elogia as redações dele, puxa papo:

— Tô te achando meio esquisito hoje, Beto. Aconteceu alguma coisa?

— Nada, não, dona Marineide, é impressão da senhora.

— Não minta pra mim, Beto, eu te conheço há muito tempo. Se tiver algum problema sério, me procure, tá legal?

Kaline

Dias depois, Beto está passeando com os cachorros quando, por coincidência, topa com a Kaline vindo em sua direção. Linda, maravilhosa como sempre: morena alta, cabelos negros soltos nas costas, corpo esbelto cheio de curvas, um avião supersônico pra ninguém botar defeito. Muito menos Beto, que sempre curtiu uma paixão disfarçada pela garota, mesmo ela sendo alguns anos mais velha que ele.

Kaline sabe muito bem que sua presença causa impacto, ainda que a pessoa à sua frente seja apenas um garoto. Beto também é alto e forte, mas, mesmo assim, fica apenas na altura dos ombros de Kaline.

Ela sorri pra ele deixando à mostra os dentes bem cuidados; ela pode, não é como a maioria do pessoal do morro que quase nunca vai a um dentista. Tem neguinho que nem sabe o que é um consultório dentário e vara noite com dor de dente, botando uns troços que compra na farmácia e que não adiantam nada. Quando consegue uma consulta, trata é de arrancar logo o desgraçado — quem lá tem tempo ou dinheiro pra fazer tratamento de canal, essas firulas de gente com mais recurso?

"Ignorância, isso sim", diz Vó. "Se eles pensassem que dinheiro compra um diamante mas não compra um dente verdadeiro..." Ela também não descarta a responsabilidade do dentista que concorda com a vontade do cliente, sabe-se lá por quais razões.

Kaline o cumprimenta naquela voz de derreter sorvete:

— Oi, Beto.

— Oi — devolve ele, encantado com o encontro inesperado.

— Tô sabendo, pela minha vizinha enxerida, que você me procurou, e parecia coisa urgente. É com a sua mãe? — continua a garota, bancando a prestativa.

— Não, Mãe tá boa, graças a Deus — responde Beto, tentando controlar os cachorros e ao mesmo tempo o seu coração, que bate descompassado.

— Então, é o quê? Fale logo, garoto, que eu tô atrasada. Você sabe, o Maicon é um poço de ciúme. Ainda mais agora que eu decidi mudar a minha vida...

— Decidiu, é? Não tá boa a sua vida, não?

Kaline passa a mão nos longos cabelos, suspira fundo:

— Cansei dessa vidinha besta só de morro, Beto. O Maicon fica muito no meu pé, sabe? Eu sempre adorei dançar, ir pros bailes *funk*, aliás foi lá que a gente se conheceu, foi tão divertido... Depois que começamos a namorar firme, o Maicon se pegou de um ciúme mortal: só posso dançar se ele for junto. Mas como ele nunca tem tempo pra ir, já viu, né? Ando me sentindo meio prisioneira...

— Desculpe falar francamente, Kaline, mas o seu

namoro tem as suas vantagens, né? Ninguém mexe com você no morro; de certa forma você tem poder também. Depois, o Maicon dá tudo o que você quer, roupa, joia, você nem precisa se matar de trabalhar o mês inteiro pra ganhar uma mixaria no fim do mês como as outras garotas do morro...

    Beto nem acredita no que está dizendo, suas palavras vão na pista contrária de tudo em que ele acredita. Vai ver é porque ele fica meio passado na frente da garota. Se a mãe dele ouvisse as bobagens que ele falou... E o pior de tudo é que a tentativa não agrada nem um pouco. Muito pelo contrário. A moça reage, ofendida:

— Puxa, Beto, eu não esperava essa grosseria da sua parte, você sempre foi um cara tão gentil!

— Pera aí, Kaline, só quero que você veja o outro lado da coisa. Se ofendi você, me desculpe, não tive a intenção.

A garota o encara e dispara a falar:

— E o pior, sabe, é que você tá coberto de razão. Demorou, mas caiu a minha ficha: eu tenho tudo isso que você falou e muito mais. É só eu estalar um dedo e o Maicon faz todas as minhas vontades, ele é apaixonado por mim. Ficou tão fácil que até perdeu a graça. Depois, essa paixão toda me incomoda, sabe? É como se eu fosse uma propriedade dele, não tivesse mais vontade própria. Apenas uma boneca mimada feita pra dar e receber prazer...

Beto toma uma decisão rápida:

— Você tá de astral muito baixo, Kaline, espere um pouco que eu já devolvo essa tropinha aqui, o prédio tá perto. Daí a gente senta num barzinho pra tomar alguma coisa e você desabafa, tá legal?

— Já tô atrasada e a casa vai cair hoje mesmo, depois do que eu tenho pra dizer pro Maicon... — concorda Kaline.

Logo mais, sentados numa mesinha de calçada, Kaline abre o coração pra Beto. Conta que, de uns tempos pra cá, anda com uma ideia fixa: quer ser modelo. Ela sabe que é bonita, vistosa, tem tudo em cima. Até fez regime, deixou de comer tanto chocolate, que ela adora, pra se encaixar direitinho na medida certa. Já tirou umas fotos, fez um *book* legal que tem levado pra algumas agências. Pensou até em se inscrever num desses concursos nacionais que escolhem modelos. Já imaginou? Ela vencendo um deles, indo pra Europa, virando uma *top model*? Tem só uma pedra no caminho do seu belo sonho: o Maicon.

— Com esse ciúme obsessivo, ele não vai aceitar de jeito nenhum. Daí vou ter de decidir. Fico com o sonho ou fico com o Maicon — diz Kaline, suspirando fundo. — E o pior é que eu ainda gosto dele.

"Gosta?", pensa Beto. Gostar não passa nem perto da paixão do irmão pela garota ali, sentada à sua frente. Será que a Kaline tem ideia da confusão em que se meteu? Ele conhece o gênio do irmão, que pode até demorar pra retaliar, mas jamais esquece uma traição. Imagine só se ele ia admitir que a garota dele entrasse num concurso de modelo, desfilasse pra uma plateia de olhos arregalados com aquela beleza toda, depois, se ganhasse o tal concurso, viajasse sozinha por esse mundo afora...

— Você acha que tem alguma chance do Maicon concordar? — pergunta Kaline, ansiosa.

— Você quer uma resposta sincera ou prefere uma mentira? — devolve Beto.

— Sincera, claro!

— Mais fácil um ET descer aqui no calçadão pra tomar uma água de coco com a gente...

— Você acha, é? — a garota parece desconsolada. De repente, lembra: — O que era afinal que você queria tanto falar comigo?

— Preciso que você me diga onde eu acho o Maicon. Preciso urgente levar um lero muito sério com ele — Beto vai direto ao assunto.

Kaline olha o garoto. É novo ainda, tem quando muito o quê, uns quinze, dezesseis anos? É bem bonito o danado, quando tiver mais idade, vai ser difícil uma garota resistir aos seus encantos. De repente, uma ideia brota na sua cabeça angustiada:

— Olha, eu faço um trato. Eu levo você até o Maicon, e você me ajuda a convencer ele a me deixar entrar no concurso pra modelo.

— Não sei não, Kaline, o Maicon pode não gostar. Você conhece bem o temperamento dele, é meio estourado. Pode achar que eu tô metendo a colher onde não sou chamado e daí sobra pra mim, né?

— Puxa, Beto, eu pensei que a gente fosse amigo. Você também precisa que eu leve você até o esconderijo do Maicon, não precisa?

— Esconderijo?

— É, esconderijo. Você me procurou na casa que era dos meus pais. Eles ficaram tão chateados com o meu namoro com o Maicon que até foram embora do morro. Moro sozinha lá agora. Quando o Maicon quer me ver, ele manda recado e sou eu quem vai encontrar com ele. Cada dia ele fica num lugar diferente. Então, sem a minha ajuda, garoto, você jamais vai encontrar o seu irmão.

Beto fica um instante em silêncio, ele vai ter de decidir. Conseguir conversar com o mano é tão urgente assim que valerá a pena enfrentar a fera quando a Kaline contar os próprios planos? Mas se o Maicon tem esconderijo, Beto precisa mesmo da ajuda da garota, não tem outro jeito. Não era esse o seu objetivo quando resolveu procurá-la para pedir ajuda?

— Tá legal — concorda. — E quando vai ser?

— Quanto mais cedo, melhor. Eu nunca sei o dia nem a hora em que ele vai me chamar. Tenho de ficar à disposição da vontade dele. É isso que me incomoda, sabe? Tenho de viver sozinha e ao mesmo tempo levar essa vida presa. Sem falar que andei ouvindo por aí que ele tem outra namorada...

— Besteira, ele não tem o menor motivo pra fazer isso. Seria a maior burrice da parte dele — deixa escapar Beto, sem querer.

— Burrice por quê?

Beto fica vermelho, mas a garota insiste, quer saber a causa da reação dele.

— Ora — ele entrega meio sem graça —, quem tem uma namorada como você, na minha opinião, não precisaria nunca olhar pra outra garota. Se já conquistou a mais bonita de todas, vai querer mais o quê da vida?

— Garoto danado! — Kaline dá uma risada gostosa. — Deixa o Maicon ouvir isso. Mas que eu gostei de ouvir, gostei. Obrigada pela força, Beto. Olha, então fica combinado. Quando o Maicon mandar me chamar e disser onde está, eu aviso você. Fique preparado.

— E se ele mandar chamar você justo na hora em que eu estiver na escola? — lembra Beto.

— Quando é que você vai pra escola?

— Na parte da tarde.

— Fique sossegado. O Maicon é o gerente dos *soldados*, o dia inteiro ele não para. Só de madrugada é que ele dá um rolé pro baile. Eu dou um jeito de avisar você.

Kaline se despede e Beto também segue seu caminho. Sobe o morro numa voada, tempo contado pra almoçar, catar a mochila e se mandar pra escola.

Já sentado na carteira, cabeça longe do que está falando a professora lá na frente, ele fica pensando na sua conversa com a Kaline.

Engraçado, pensa ele, a garota acha que vai ser assim muito fácil, da noite pro dia, se transformar numa *top model*. Porque, evidentemente, não está nos planos dela começar por baixo. Ficou mal-acostumada namorando o Maicon.

Desde quando Beto se lembra, a Kaline era uma garota humilde, filha de pais trabalhadores, mas pobres. Nunca teve muitas regalias; estudava em escola pública e, se quisesse ter alguma coisa na vida, precisaria completar pelo menos o ensino médio e tentar arrumar um emprego, o que também não é fácil. Quantos jovens ali no morro, que foram capazes de se formar com o maior esforço deles e da família, agora cansam de levar currículos sem conseguir arrumar emprego. Alguns arranjam trabalhos temporários, nas épocas de festas, como o Natal, Dia das Mães ou dos Pais e só. Ficam ali pelo morro, perambulando, sem fazer nada, de baixo astral, ou então vivem de bicos.

Quando a Kaline engrenou namoro com o Maicon, será que não desconfiou de que ele era do tráfico? O rapaz quase não tem estudo, anda de roupa de grife, cordão de ouro no pescoço, exibindo dinheiro vivo à vontade. Sem falar que sempre andou armado e, segundo ela mesma, vive se escondendo da polícia. Ele encheu a *mina* de presentes caros, ela gostou tanto que até largou a escola; virou a namorada oficial dele.

Agora, cansada da vidinha besta, como ela mesma definiu, da noite pro dia acha que pode virar a mesa, ficar famosa e ganhar rios de dinheiro, e ainda com o consentimento do namorado. E, claro, mantendo a vida de antes, cheia de conforto e facilidade — como se a roda do que ela pensa ser "sorte" só girasse na direção dela. O que será que se passa na cabeça da Kaline? Será que está disposta a pagar novamente o preço pela sua decisão?

O encontro

Pouco depois, certa noite, quando Beto já está deitado no sofá da sala, enquanto a mãe dorme no quarto ao lado, ele ouve uma leve batida na porta. Prudente, finge que não escuta, mas as batidas se repetem. Então, lembrando o combinado com Kaline, ele pergunta quem é.

— A Kaline mandou te buscar — confirma uma voz de criança.

Beto abre a porta e dá com um garoto ali do morro. Ele repete a mensagem decorada. Beto pede pra ele esperar um instante. Num segundo, veste a roupa e, confiando que a mãe, exausta da jornada diária, não acorde até ele voltar, acompanha o garoto.

Andam em silêncio pelas vielas do morro, na semi-escuridão, até chegarem à casa de Kaline. Ela já o espera ao lado de um garoto mais velho, que olha meio desconfiado para Beto. É o *fiel*, guarda-costa do Maicon. O rapaz traz a tiracolo, bem à vista, um fuzil AK-47.

— Vamo nessa, que o chefe não gosta de esperar — comanda o rapaz. E, dirigindo-se à garota, completa: — É bom você explicar direitinho por que tá levando o garoto junto, senão sobra pra mim.

Kaline faz sinal de que ele pode ficar sossegado e, dispensando o moleque que fora avisar Beto, seguem os três em direção ao esconderijo de Maicon, localizado na parte mais alta do morro.

Depois de andarem por vários minutos — que, para Beto, que nunca perambulou pelo morro àquela hora da madrugada, pareceram eternos —, chegam finalmente a uma velha casa com aparência de abandonada. Na porta, outro *fiel* barra a entrada deles, querendo saber quem é o garoto desconhecido que os acompanha.

— Fica frio — acalma o primeiro *fiel*. — Este aqui é o Beto, irmão do chefe. A Kaline responde por ele.

— Espera aí que eu vou lá dentro e já volto — fala o garoto, olhando de esguelha para Beto.

Logo depois volta e dirige-se ao companheiro:

— O chefe mandou entrar a *mina* e o moleque. E que ele conversa depois com você.

— Não falei que ia sobrar pra mim? — reage o outro, apavorado.

Entram na casa, que cheira a mofo porque as janelas permanecem trancadas. Na sala, sentado frente à tevê ligada em som baixo, está Maicon, vestido com o "uniforme" do morro: bermudão, camiseta e chinelo de dedo, e a inseparável arma bem ao alcance da mão.

— Quer dizer que o caçula resolveu fazer uma

surpresa aqui pro mano *véio*? — ele pergunta, disfarçando a surpresa numa tentativa de sorriso. — Mãe tá boa que eu sei...

— Graças a Deus — confirma Beto. — Preciso levar um lero muito sério com você e por isso pedi a ajuda da Kaline que, aliás, também precisa trocar umas ideias...

— Ideias, que ideias? — O sorriso agora some definitivamente do rosto do rapaz. — Desde quando você tem ideia, Kaline? E como é que se atreveu a trazer o mano aqui, contando do meu esconderijo? Endoidou, é, mulher?

— Calma aí — adianta-se Beto, enquanto Kaline se encolhe, amedrontada. — Não desconte nela, não. Fui eu que supliquei pra falar com você, inventei até que Mãe tava doente e queria que eu trouxesse um recado...

Maicon fulmina a garota com o olhar:

— Tu confirma isso, Kaline?

— Claro que ela confirma, você acha que ela ia me trazer aqui por alguma bobagem? — continua Beto na tentativa de proteger a garota. — E depois, mano, eu jamais entregaria você... Ainda que quisesse, andando nessa escuridão, por essas vielas todas, sei lá onde fica essa casa. Se escondeu bem, hein, mano velho?

— Cabeça não serve só pra segurar pescoço — ri Maicon, parecendo relaxar. — Mas também, pra enganar essa *mina* não carece muita coisa não. Você disse que a Kaline quer me dizer alguma coisa, que teve umas ideias. Então, já que Mãe tá boa e deve tá mesmo porque você dá um duro danado pra comprar os remédios que ela precisa...

— Ué, como é que você sabe disso? — interrompe Beto.

— Eu sei de tudo que se passa aqui no morro e até fora dele, tenho meus *espia* — retruca o outro, rindo. — Vai, Kaline, desembucha você primeiro que tô até curioso: que ideia é essa?

— Ela quer entrar num concurso pra ser modelo, uma *top model* daquelas que saem em tudo que é revista e fica famosa no mundo inteiro — entrega Beto num fôlego só, antes que a garota, ainda apavorada, sequer abra a boca.

A reação de Maicon é inesperada. Cai numa sonora gargalhada que o *fiel*, muito baba-ovo, apressa-se em reproduzir. Ri tanto que até chora. Quando consegue falar, pergunta:

— *Top model*, hein? De onde você tirou essa ideia maluca, Kaline?

A moça se põe em cima dos saltos, esquecida até do pavor:

— Maluca, por quê? Você acha que eu não tenho chance?

— Ô se tem... já ganhou o concurso, sabia? Com tanta *mina* linda vindo de toda parte, você acha que já faturou, né? Ainda mais meio gordinha desse jeito, que aliás é muito do meu gosto. A *mina* que vai pro concurso é tudo varetinha, se mata de fome só pra aparecer. Você, com tanto chocolate e rango bom, ah, tô rolando de rir só de imaginar o fiasco que vai ser...

Kaline, de tanta raiva, perde o controle, parte pra cima do Maicon, enquanto o *fiel*, ao lado, num reflexo rápido, engatilha a arma. O rapaz, ainda rindo, segura a garota pelos cabelos, dá um beijo nela e manda o *fiel* levá-la pro quarto. Depois encara Beto, dizendo:

— Dessa fera aí eu cuido depois. Agora o nosso papo, companheiro.

— Antes me prometa que não vai fazer mal nenhum aí pra Kaline. É sonho de toda garota ser modelo. Dá um tempo com ela, tá legal?

— Não se meta em assunto meu, companheiro, com essas *mina* precisa ter atitude. Mas desembuche, companheiro, se Mãe tá boa, o que é tão urgente que fez você sair pelo morro noite adentro só pra me encontrar?

Beto então conta que, finalmente, tinha tomado coragem e perguntado pra Mãe o que tinha acontecido com Pai. Que ficou sabendo de todos os pormenores terríveis da morte dele. Era muito criança quando Pai morreu. Agora é quase um homem. E tem o direito de saber quem foi o responsável pela tragédia que se abateu sobre a família deles. E quer saber mais: se o cara está vivo, se ainda manda no morro ou já saiu da vida criminosa, se é que isso é possível.

Dessa vez, Maicon não ri. Fica sério. Diz que Beto está fazendo uma grande besteira querendo remexer no passado. Pai tá morto, não vai voltar mais mesmo. Mãe já sofreu o bastante com tudo aquilo, só sobrou Beto pra dar alguma alegria pra velhice dela. Que ele e os outros irmãos estão perdidos, formados no crime há muito tempo; mas Beto tem sangue bom, puxou à mãe, é honesto. Inteligente também, pode entrar numa faculdade, estudar pra ser doutor, casar nos conformes, ter filhos — já pensou Mãe tendo netos?

Mesmo assim, mesmo assim, devolve Beto. Ele não vai sossegar enquanto não souber o nome do mandante daquele crime bárbaro. Pede tão pouco, apenas um nome.

Pra fazer o quê?, responde Maicon. Por acaso é sinistro o bastante pra peitar o cara, meter uma bala no meio da testa dele? O outro, o mandante do crime, é cara cruel, escolado — matar ou mandar matar pra ele não passa de rotina, ele nem pisca. O mais certo seria matar Beto também, deixando Mãe desesperada. Que adiantava tanto sacrifício de servir de marrequinho, passear totó de madame, se Mãe ia morrer de desespero e solidão se, além do marido, ainda enterrasse o filho caçula?

— Depois... — entrega Maicon, quase sem querer — nem vai adiantar dizer o nome do mandante porque ele tá na jaula, tirando um tempo de cadeia tão grande que, se não for apagado lá dentro do presídio por algum *alemão*, quando ele sair, Beto já estará muito longe do morro, levando uma vida honesta como deve ser...

Beto respira fundo com a revelação:

— Então o homem tá vivo.

— Tá — confirma o outro.

— E preso?

— Positivo. Eu até troco uns leros com ele de vez em quando pelo celular, o *home* tá cheio de confiança porque os advogados dele garantiram que ele logo sai, mas eu acho que ele fazia melhor se ficasse lá trancado pro resto da vida.

— Ué, por quê? — admira-se Beto.

Maicon abaixa a voz:

— Quer saber de tudo, não quer? Então ouve, zé-mané: quando foi preso, o cara era gerente geral aqui do morro. Mandou que um gerente de boca ficasse no lugar dele até ele tirar o tempo de cadeia... Só que o outro gostou, *sacomé*? Comissão, mordomia, *mina* pra escolher à vontade. E quando o chefe sair, se sair, não vai ser nem otário de ceder lugar de novo pra ele, concorda? Então vai ter guerra no morro como ninguém nunca viu.

— E você fica do lado de quem?

— Por enquanto obedeço quem tá no comando do morro. Ele manda, eu faço. Se o outro sair, aí a coisa muda de figura.

— Mas o cara que tá preso mandou matar Pai. Você devia mais é querer ele preso ou morto! — reage Beto, indignado com a tranquilidade do irmão. — E você nem retaliou, nem os outros manos. Tocaram a vida como se não tivesse acontecido nada, não me conformo com isso...

Maicon agarra Beto pelos ombros, sacode forte:

— E você queria que a gente fizesse o quê, me diga, zé-mané? Se virasse contra o cara, levasse pra cova Mãe e você também? Que a família acabasse de *veiz*? Põe uma coisa na sua cabeça, maninho, tem hora pra tudo na vida, hora de engolir o sapo e hora de devolver o sapo...

— Isso quer dizer o quê? — Beto, num arrancão, desvencilha-se do outro.

— Agora tá querendo saber demais, moleque. Volta pra casa, cuida da mãe, se forma na escola, se quiser vira até doutor de canudo e anel no dedo que eu dou a maior força. Um dia a gente conversa...

— E a Kaline? — insiste Beto, preocupado.

— Ah, esquenta, não, maninho — o outro ri. — Eu já tava querendo mesmo dar um chega-pra-lá na *mina*, já tô de caso faz tempo com outra melhor que não vai vir com essa ideia maluca de ser modelo. Quer ser *top model* o raio que a parta, vai ser... a fila já andou. Só que começa do nada, companheiro, porque pisou no tomate, e comigo não tem segunda vez.

Maicon dá um abraço em Beto, depois ordena ao *fiel*:

— Devolve o moleque seguro lá pra Mãe. Se acontecer alguma coisa no caminho, tu tá ferrado, não vai sobrar nem unha pra contar história.

Um mundo melhor?

Beto dá sorte: Mãe tem sono pesado, só acorda com tiroteio tipo bangue-bangue — polícia ou facção inimiga trocando tiro com os traficantes. Daí, só não se abala quem já morreu.

De volta à casa, Beto se esgueira até o sofá... Daí, fica lembrando a conversa que teve com o Maicon. Valeu. Pelo menos descobriu que o mandante da morte do pai ainda tá vivo e engaiolado. Teve o que mereceu. Mas o mano também disse que o cara sai da prisão a qualquer momento. Como, Beto nem imagina. Vai ver cumpriu parte da pena e já pode ser posto em liberdade. Com dinheiro sobrando pra contratar um monte de advogado, sempre tem um que descobre alguma brecha pra livrar o cliente da cadeia.

E se o bandido for solto e topar cara a cara com ele ali no morro? Vai fazer o quê? Tem de se preparar pra esse momento. Na opinião de Beto, isso é um absurdo, bandido ser solto sem cumprir a pena inteira. Por ele, o sujeito podia ficar o resto da vida lá na cadeia, Pai não deve ter sido o primeiro nem o último que ele mandou matar...

Outro dia, quando Beto assistia a um programa de tevê, um advogado explicou que a lei é assim no Brasil. Depois de a pessoa condenada tirar um certo tempo de cadeia, se tiver bom comportamento, o juiz manda soltar, porque tem de cumprir a lei e ponto final. Então, ou muda a lei ou vai ser sempre desse jeito.

Agora, cá pra ele, tem sempre os caras que fogem da prisão com a ajuda dos comparsas ou até mesmo de gente mais grossa. Dinheiro pra corromper é o que não falta pra traficante. Então, como também sempre tem quem se corrompa, pode ser que de repente o homem esteja fora, livre como passarinho. Brincadeira!

O advogado na tevê, quando perguntaram por que bandido tem direito à defesa, também explicou que, sem advogado, não tem julgamento... porque, perante a lei, todo mundo é inocente até prova em contrário. Os promotores, aqueles que acusam, é que têm de provar que o cara é culpado. E esse direito de defesa não é pra proteger só bandido, não; é pra todo mundo, principalmente pra proteger os inocentes.

O Maicon disse que Beto devia ser doutor. Ele já pensou nisso, é um sonho antigo. Cursar a faculdade de Direito, depois se formar... Já pensou Mãe assistindo à formatura dele, batendo palmas lá na plateia? O orgulho que ia sentir? Depois ele trabalharia num escritório de advocacia ou teria o dele próprio.

E, se um dia, um sujeito acusado de ser traficante entrasse porta adentro querendo que ele o defendesse?

Podia aceitar ou então dizer, assim, na lata: "olha, desculpe, mas eu não defendo traficante... procura outro advogado". Mas daí ele não estaria prejulgando o cara ou negando o direito de defesa dele? E se o sujeito fosse inocente? E se ninguém quisesse defendê-lo, usando o mesmo argumento?

O tal advogado na tevê disse também que, se o cara não tem dinheiro, ele pode ser defendido por um advogado público que ganha do Estado pra isso. Agora, pensa Beto, com dinheiro sobrando pra pagar advogado, lógico que o cara logo encontraria alguém que o defendesse, mesmo sabendo que havia muita chance de ele ser mesmo culpado... E não tem advogado que serve até de moleque de recado de bandido? Mas, daí, a coisa muda de figura: a Ordem dos Advogados cassa a licença do sujeito, ele perde o direito de advogar porque virou comparsa do cliente, bandido também. Em toda profissão tem gente desonesta, né?

Tem outra coisa que também está tomando conta do pensamento de Beto: Mãe é negra; Pai era branco. Os filhos saíram de várias cores. O maior nasceu claro e de cabelos loiros. Beto é negro como Mãe. Por isso, essa história de cotas para negros na faculdade interessa a ele. A dona Marineide, que também é negra, diz que é contra. Porque, pela Constituição, todos os brasileiros, independentemente de etnia, cor, sexo, religião etc., são iguais perante a lei. Então essa história de cotas poderia até incentivar o racismo. Depois, segundo ela, também tem branco e índio pobre — e daí? O certo mesmo seria o ensino público ser tão forte a ponto de todo mundo poder competir em pé de igualdade, quer estude em escola particular ou pública.

Tá legal, professora, ele se contrapôs: mas quanto tempo isso ia demorar? Mais cem anos? Ela mesma não tinha comentado em classe que os negros trabalharam de graça, durante séculos, para aqueles que se julgavam senhores deles? Foi por meio dos braços negros nas lavouras, nas minas, nas cidades, e mesmo dentro das casas, que o Brasil cresceu... Então, não seria mais que justo agora dar uma oportunidade para os descendentes daqueles negros entrarem na faculdade, se formarem como os outros brasileiros? Porque é só andar por aí que a gente vê os negros sempre nos trabalhos mais humildes; parece até que a escravidão não foi abolida no Brasil. Com exceção, claro, dos negros ricos, artistas, esportistas etc. Se for famoso e tiver grana, o pessoal até esquece que o cara é negro. Pode frequentar os melhores restaurantes, arrumar altas *minas*. Dinheiro e fama fazem uma baita diferença, ninguém pode negar.

Mãe, que é negra e também repara em tudo, ouviu uma coisa curiosa enquanto limpava uma das casas onde trabalha. A patroa conversava com uma amiga. Então, contou que tinha sido internada num hospital pra ser operada e disseram que logo o anestesista viria conversar pra saber os medicamentos que ela usava.

Tudo bem, a dona ficou aguardando o médico anestesista. De repente, disse ela pra amiga (Mãe só escutando e se divertindo), entrou no quarto um "baita negão de cabeça raspada" usando um jaleco. Ela nem titubeou: "Enfermeiro, quando é que o médico vem me ver?". O outro respondeu: "O médico sou eu, minha senhora".

A mulher ficou embasbacada, disse que nunca na vida dela tinha visto um médico negro, a não ser em novela. O doutor foi superdelicado, fingiu que não percebeu a gafe, aliás devia estar acostumado com situações semelhantes.

Beto contou essa história pra professora e perguntou: será que não estava na hora de ter mais cidadãos negros nas faculdades de Medicina, Engenharia, Odontologia, Direito e por aí vai? Porque até agora só um punhadinho teve chance de estudar para exercer certas profissões...

"Pensando assim...", concordou em parte a professora. Mas acrescentou: "Hoje, em determinadas capitais, existem até cursinhos gratuitos para estudantes pobres que desejem prestar vestibular. Mas não basta a pessoa passar no exame, Beto. Ela vai ter de comprar livros, se sustentar enquanto estuda. Medicina, por exemplo, é faculdade que exige tempo integral. O estudante não pode trabalhar enquanto estuda. Então, como é que fica? Ou recebe uma bolsa de estudos para pagar depois de formado, em prestações, ou nada feito. E ainda tem a parte do preconceito: será que a pessoa que veio de uma escola mais fraca, se não conseguisse acompanhar o currículo, não seria apontada na faculdade como 'aquela que estudou em escola pública e só entrou por causa da cota'?".

Muito complicado tudo isso. Será então que só rico pode estudar pra ser doutor? E nada vai mudar? Deitado no sofá, Beto sente que tantas ideias dão um nó na sua cabeça.

Ele lembra que também ficou impressionado com a frieza do Maicon, principalmente quando ele se referiu à Kaline. Afinal, ele não se dizia apaixonado pela garota? Como é que de repente fala que vai mandar a *mina* passear, que faz tempo que já tem outra no seu pedaço?

Paixão besta essa... aliás, isso nem é paixão... E o pior é que pelo visto o mano não vai dar mais nenhuma cobertura pra garota. Ela vai cair do pedestal. Já está sozinha porque os pais deram no pé, e ainda vai ficar pobre novamente. Já pensou? E se não der sorte de ganhar o tal concurso de modelo? Vai fazer o que da vida?

O ideal é que a Kaline arrumasse um emprego, voltasse a estudar pra ter alguma profissão, porque a de modelo, com raras exceções, é ingrata, dura tão pouco, exige muito sacrifício; ganha dinheiro e nem pode comer, pra não engordar, sem falar que a fila de garotas que pretendem ser modelo aumenta sem parar... São cada vez mais novas, Mãe até diz que qualquer dia vão escolher as garotas já nos berçários das maternidades, porque crianças modelos também é o que não falta — mal saídas das fraldas e já trabalhando, sustentando até a família. Infância que é bom, nadinha.

Se o Maicon fosse mesmo apaixonado pela Kaline, ele devia conversar com ela numa boa, tentar entender as razões da garota. Mas ele não ia gostar muito de ver a namorada aparecer em jornais e revistas, viajando pelo mundo, isso se ela ganhasse mesmo o tal concurso. Além do ciúme — se é que ele tem ciúme dela — chamaria muita atenção pro morro — logo um jornalista mais xereta descobriria que ela era a *mina* de um gerente de soldados. O que um jornalista não descobre quando quer? Tem até uns que acabam mal, retaliados da forma mais cruel pelos traficantes, um horror! Igualzinho a Pai.

Depois podia acontecer que a Kaline se engraçasse com algum colega de trabalho ou então com alguém que apresentaram pra ela em alguma festa, e daí? Se ele conhecia bem o mano, a coisa ia ferver pro lado da garota. Podia sofrer retaliação por parte do namorado... Casos iguais é que não faltavam por ali, no morro.

Sorte dela que a fila andou, como disse o Maicon, e ele deixou barato. A Kaline corre o risco de ficar pobre de novo, mas, pelo menos, continua viva. Se puder, ele vai dar uma força. Mais do que nunca a garota precisa de um amigo.

O dia já está amanhecendo... uma réstia de luz se infiltra pela janela. Logo mais Mãe vai acordar, meio sonada, ele gosta de ouvir Mãe batendo os chinelos, do cheiro bom de café tomando conta da casa. Depois ela vai dar um beijo nele pensando que o filho ainda está dormindo, se vestir e sair pro trabalho, enfrentar a condução, o serviço pesado. Mãe é uma heroína anônima como tantas chefes de família ali no morro, cheias de filhos, e que precisam batalhar o sustento da casa.

Tem horas que ele gostaria de dizer tanta coisa pra Mãe... Que tem um amor profundo por ela, que quer crescer rápido pra dar tudo aquilo que ela merece. Talvez até sair do morro, pra levar uma vida mais sossegada, sem medo de acordar no meio da noite com tiroteio, de ter a porta arrombada pela polícia procurando por algum traficante, ou ser vítima de uma bala perdida.

Mãe sempre diz que Beto é muito especial. O médico que fez o parto entrou na enfermaria logo depois com o bebê no colo e disse, todo sorridente: "Aqui está o seu presente de aniversário!". E as colegas de enfermaria aplaudiram, entusiasmadas. Não é toda mulher que tem uma experiência tão mágica!

Pros filhos mais velhos quem deu nome foi Pai. Ele gostava de nomes estrangeiros. Então ficou assim: Maicon,

Uelinton e Alison. Quando chegou a vez do caçula, Mãe estrilou: "Quem dá o nome deste sou eu, ele vai se chamar Roberto".

Roberto virou Beto, mas não tem importância. Francisco não vira Chico? Quando ele se formar advogado, vai querer que o chamem pelo nome: doutor Roberto. Soa bonito, sonoro, do jeito que Mãe gosta. Aliás, ela detesta apelido, nunca chamou o caçula de Beto. Mas não pode impedir os outros, né?

Doutor Roberto, negro, e tendo muito orgulho disso, vai casar, ter filhos, dar netos pra Mãe. Se Deus mandou o caçula justo no aniversário dela, ele tem quase o dever de ser sempre um presente.

Cansado da noite maldormida, Beto pega no sono. Logo mais começa a sonhar com um mundo melhor...

Coração de Mãe

Especial também, lá na escola de Beto, é a diretora, a dona Zorilda, que tem um nome meio esquisito, mas é unanimidade entre os alunos. Tanto que eles a apelidaram de "Coração de Mãe".

Se uma garota descobre que ficou grávida do namorado, é para Coração de Mãe que ela vai desabafar. Se um garoto está com medo de alguma retaliação de colega, lá vai ele se abrir com a diretora. Até os colegas de profissão pedem algum conselho, lá na sala dos professores. Todo mundo diz que ela, em vez de diretora de escola, devia ter sido *psi*, que o pessoal procura no consultório pra chorar as mágoas.

Dona Zorilda é baixinha, miúda, um tico de gente. Mas tem mais coragem que muito grandão por ali. Enfrenta o que vier, olha nos olhos do cara, sempre bem maior que ela — é uma tigresa.

Outro dia vieram contar pra ela que ninguém conseguia assistir às aulas direito porque, lá do pátio, vinha um cheiro muito forte de baseado que a turma fumava abertamente, assim, na maior.

Coração de Mãe se pôs em campo. Descobriu que quem trazia as trouxinhas de fumo pra escola era um tal de Papatu, garotão que parece uma torre. Ele comprava de um *vapor* amigo dele e revendia pros camaradas num canto escondido lá do pátio.

Ela foi aos superiores dela e contou o que havia descoberto, mas ninguém tomou providência. Alguém até falou que era melhor não mexer com o assunto, porque a escola ficava entre dois morros — quando começava o tiroteio entre os traficantes rivais, as rajadas de balas zuniam por cima da escola, como fogos de artifício... Às vezes a escola até fechava, de medo que algum aluno ou professor fosse ferido. Diziam até que o Papatu era muito enturmado com o pessoal de um dos morros, então podia haver retaliação por parte dos traficantes.

Mas o cheiro continuava, e a molecada reclamando: tinha até uns caras que sofriam de bronquite ou asma que passavam mal com aquele cheiro estranho que parecia incenso queimando, mas enjoativo...

Um dia, Coração de Mãe resolveu dar um basta; foi direta: o direito dele e dos "clientes" terminava onde começava o direito dos outros alunos que estavam ficando até doentes com aquele cheiro... Na escola, ela não permitia tráfico e consumo de drogas, e estavam conversados.

Papatu olhou a diretora ali à sua frente, mirradinha que dava pena. Precisava até se curvar pra falar com ela. E a danada, espichando o pescoço, se aprumando toda pra conseguir encará-lo bem nos olhos...

— É que quando bate a fissura, não dá pra esperar, sacomé? — rebateu ele, muito atrevido. — E se deixar pra depois, os caras vão comprar de outro fornecedor. Tá querendo estragar o meu negócio, dona Zorilda? É melhor a senhora continuar dirigindo a escola, e não meter o bedelho onde não foi chamada...

Um baba-ovo que estava por perto viu toda a cena e correu pra contar na sala dos professores, que ficaram na deles, se fingindo de mortos. Daí, o moleque espalhou a notícia pela escola inteira. Os comentários espocavam nos corredores e salas: "Tá morta e não sabe...", "Agora ela se ferrou de vez".

Foi todo mundo pras janelas e portas esperando o fim do bate-boca entre a dona Zorilda e o Papatu.

Coração de Mãe virou as costas e, pisando duro, foi direto do pátio pra sua sala de diretora. De lá, ato contínuo, chamou a polícia, que logo mais chegou, sirenes a toda...

Papatu, muito ágil, pulou o muro da escola e sumiu na poeira, enquanto os clientes jogavam as bitucas no mato e, por sua vez, se fingiam de santos...

Desse dia em diante, ficou um policial de plantão na escola, de olho vivo na venda de drogas. Papatu, que não estudava nem nada e só queria saber dos clientes, nunca mais apareceu. Mas era visto, com frequência, vendendo fumo no campinho perto da escola, antes ou depois das aulas, para os clientes fiéis. Mas daí, segundo a diretora, já não era problema dela, era caso de polícia...

Muitos disseram pra Coração de Mãe que ela tivesse cuidado, que o rapaz podia querer se vingar. Ela respondia que o outro não ia ser bobo, porque, se lhe acontecesse alguma coisa, o primeiro suspeito seria o Papatu.

Corajosa, a diretora: suspeito ou não, o risco continuava o mesmo, pensou Beto. Mas, pra sorte da dona Zorilda, como a venda de drogas também continuou florescendo fora da escola, parece que o outro deixou barato — vai ver recebeu algum recado de traficante: melhor esquecer que ficar criando caso com os *canas* e pegar um tempo de cadeia, coisa muito pior para os negócios.

Beto comentou o acontecido em casa com Mãe. Ela balançou a cabeça, jeito triste:

— Essa história de droga não tem fim, filho. Sempre vai ter quem use e quem venda. Foi assim desde que o mundo é mundo...

— Então a senhora acha que a dona Zorilda fez besteira, correu até risco de vida em vão?

— Eu não disse isso, Roberto — devolveu Mãe. — Acho que a dona Zorilda foi muito corajosa; ela foi uma verdadeira heroína ao enfrentar o Papatu, correndo até risco de vida, como você bem falou. Mas ele continua vendendo lá fora da escola, não continua?

— Então, que diferença fez? — insistiu Beto, inconformado.

— Muita — disse Mãe. — Ela fez o que achou certo. Na vida, às vezes, a gente tem de encarar, senão, como vai colocar a cabeça no travesseiro pra dormir em paz?

— Como Pai fez? Mas ele então também foi um herói e pagou com a vida o heroísmo dele de tentar enfrentar os traficantes...

— É, meu filho, seu pai também foi herói.

— Grande coisa! — Beto agora estava com raiva. — Que adianta ser herói morto? Deixando a senhora viúva e os filhos órfãos? Talvez fosse melhor o pai ter calado a boca, deixado o barco rolar... Os filhos já tavam formados no crime mesmo! Adiantou o quê, me diga?

— Acho que a resposta você mesmo vai ter de encontrar — disse Mãe. — Dona Zorilda e o seu pai fizeram o que acharam direito. Foi da natureza deles.

— Que história é essa, mãe, de natureza?

Mãe então contou uma história pra Beto: um dia, o escorpião queria atravessar o rio e pediu para uma rã levá-lo nas costas porque ele não sabia nadar. "Tá louco, seu?", disse a rã. "Conheço o seu temperamento. Você me pica e eu morro." "Louca tá você, rã!", respondeu o escorpião. "Se eu já disse que não sei nadar, o que me adiantaria matar você? Posso ser mau, mas não sou estúpido!"

Tanto o escorpião falou que a rã, finalmente convencida, concordou em levá-lo nas costas pra atravessar o rio... Mas, no meio do caminho, o escorpião picou mortalmente a rã. Esta, agonizante, ainda reclamou: "Puxa, você prometeu que não ia me picar, agora *nós dois* morreremos afogados", ao que o escorpião respondeu: "Desculpe, mas não pude evitar: é a minha natureza".

Depois que contou essa história, Mãe olhou bem nos olhos de Beto e perguntou:

— Entendeu agora, meu filho, por que a dona Zorilda e o seu pai fizeram o que fizeram? Era a natureza deles não se conformarem com uma coisa ruim, com uma injustiça... Seu pai pagou o preço, a dona Zorilda talvez pague também.

— Então é assim, mãe? Sempre se paga o preço das atitudes da gente? — insistiu Beto.

— Sempre, meu filho, nunca se esqueça disso. Se quiser botar a cabeça no travesseiro e dormir sossegado, faça só o que a sua consciência mandar.

— E o que é a consciência, mãe?

— É um sininho dentro da cabeça que avisa quando a gente deve fazer isso ou aquilo. Ninguém precisa ensinar, a gente sabe a hora certa e o que deve fazer na vida.

Beto ficou meio encafifado com aquela conversa. Tinha alguma coisa que não batia. Então, resolveu conversar com a dona Marineide, que era inteligente como ela só. Afinal, a professora tinha oferecido que, se ele tivesse algum problema, era só falar com ela.

No dia seguinte, na saída da escola, emparelhou com dona Marineide:

— Tô com uma dúvida na cabeça, professora — disse. — Queria trocar umas ideias com a senhora.

— Claro! — concordou a outra. — Podemos conversar enquanto você me acompanha ao ponto do ônibus, tá bom assim?

O ponto era meio longe, então Beto tinha bastante tempo. Assim, pela primeira vez, contou a alguém o que acontecera com Pai. Foi até um alívio colocar aquilo pra fora, com alguém em que ele depositava a maior confiança. Depois, comentou o episódio entre Coração de Mãe e Papatu e também a conversa que tivera com a mãe. A professora ouviu tudo em silêncio. Aí, quis saber qual era a dúvida do garoto.

— O negócio é o seguinte — desabafou Beto: — tenho pensado muito nisso, sabe? Acho que Pai morreu por bobeira; se tivesse ficado calado, podia estar vivo ainda.

O Papatu continua vendendo droga aqui fora da escola, no campinho. A diretora resolveu o problema dentro da escola, mas os garotos compram do mesmo jeito... Será que a coisa toda não podia ser diferente?

Nessa altura, já haviam chegado ao ponto do ônibus, mas ele costumava demorar. Sentaram num banco e a professora finalmente deu a opinião que Beto tanto esperava:

— Sabe, meu filho, eu não tinha a menor ideia da tragédia que aconteceu com a sua família. Admiro muito a coragem da sua mãe nessa história toda, deve ter sido terrível. Agora, veja bem, para a sua mãe, fica mais fácil encarar a revolta do seu pai como um ato de heroísmo, porque de certa forma justifica a morte violenta dele. Mas você também tem um pouco de razão quando diz que a coisa podia ser diferente...

— Então me explique, por favor.

— Eu não acho que o seu pai tenha sido morto apenas porque ficou revoltado com os traficantes, e talvez nem tivesse razão para isso. Todo mundo sabe que, nos morros, são os garotos que pedem pra entrar no tráfico, nem precisam ser aliciados... Tem até o filho de um vizinho meu que quis sair do tráfico e, como não tinha dívidas nem era jurado de morte, saiu numa boa sem sofrer retaliação. A causa mais provável da morte do seu pai foi o fato de terem inventado que ele ia delatar algum traficante para a polícia, aí acreditaram e a coisa pegou feio, porque, delação, o tráfico não perdoa.

— E o que ele devia ter feito pra não ser morto?

— Difícil dizer, Beto, mas ele poderia ter uma conversa numa boa com os seus irmãos, aquela coisa de diálogo, sabe? Talvez os garotos nem tivessem saído de casa, com o tempo podiam até se conscientizar e deixar essa vida de marginal, como aconteceu com o filho do meu vizinho. Sempre há esperança, concorda? Aí o vizinho não teria ouvido a tal briga e seu pai estaria vivo.

— Também penso assim. E quanto à diretora e o Papatu?

— Na minha opinião, ela também não devia ter batido de frente com o Papatu. Deveria ter uma conversa com ele e com os outros na diretoria, em separado, claro. Não acho que chamar a polícia foi a melhor solução. Como você mesmo disse, a venda de drogas continua fora da escola, e os garotos, fumando maconha do mesmo jeito. Eu respeito muito a dona Zorilda, mas ela apenas resolveu o problema dela, não o dos alunos. Não que conseguisse, mas, como educadora, poderia ao menos ter tentado.

— Pois eu penso do mesmo jeito, dona Marineide. Pode até parecer heroísmo essa história de bater de frente, mostrar coragem... Mas, se todo mundo sentasse pra conversar, numa boa, muita coisa ruim podia ser evitada...

— É isso aí, Beto — aprovou a professora.

Noite de terror

Depois de desabafar com dona Marineide, Beto segue de volta pra casa, pensando em tudo que acontece lá no morro. Aliás, depois de jogar futebol, pensar é o que ele mais gosta de fazer. Tem muita coisa errada no mundo que não dá pra acreditar. Vai ver ele também é daqueles que não se conformam com uma injustiça, como disse Mãe. Tem gente de todo jeito: quem não tá nem aí para o que acontece com os outros, e, por outro lado, quem faz de tudo para ajudar os outros.

Nessa turma generosa com certeza está uma pessoa que todos admiram e respeitam lá no morro: o seu José, que as pessoas conhecem mais pelo apelido "Braços Abertos". Ele até ficou meio sem jeito quando soube do apelido: "Que é isso, gente? Braços abertos é só o Cristo Redentor".

Seu José é motorista de táxi e dirige um carro velho que ele adora e não troca por nenhum outro. Ele é líder comunitário, praticamente foi aclamado pelo povo do morro, porque tem um coração do tamanho do mundo e acode todas as pessoas que precisam dele. No morro, tem vizinhos que se ajudam da melhor maneira possível, mas também tem gente que foge de problemas dos outros como o diabo da cruz.

Mãe diz que, nos lugares onde ela trabalha, o pessoal vive mais trancado dentro das casas ou apartamentos, e é cada um por si. Talvez porque todos têm seguro de saúde, carros à disposição na garagem ou dinheiro pra chamar táxi numa emergência; então, não precisa pedir socorro pra vizinho. Talvez seja até um jeito diferente de viver, mais isolado, vá lá saber...

No morro, a maioria é pobre, não tem carro, anda de *buzão* ou mesmo a pé quando falta até dinheiro pra condução. Em caso de doença ou de algum acidente, tem de ir pros prontos-socorros ou ambulatórios dos grandes hospitais públicos. Precisando de uma consulta, tem de fazer como Mãe para conseguir vaga pra Beto: amanhecer na fila pra pegar uma senha — depois esperar dias, semanas, até meses pra bendita consulta com algum médico. Se estiver muito mal, morre na fila ou antes de ser atendido, que desgraça pouca pra pobre é bobagem.

Outro drama é quando acontece algum acidente lá no morro, e isso ocorre com frequência por vários motivos, mas principalmente por causa das lajes em cima das casas. O problema é que, quando constroem as tais casas, as pessoas pensam assim: melhor colocar uma laje que telhado, porque, se eu quiser construir um segundo andar, fica mais fácil e barato. Mas, como pretendem fazer isso só no futuro, também não colocam muretas nessas lajes e as usam pra tudo: estender roupas nos varais, fazer churrascos — a criançada então deita e rola em cima das lajes, soltando pipas, jogando bola e por aí vai.

De vez em quando, o cara que bebeu um pouco mais durante o churrasco perde o equilíbrio e cai lá embaixo. A mesma coisa acontece com as crianças brincando. Então, é aquele sururu, gritaria, chamando os vizinhos pra ajudar a carregar a vítima até o asfalto, porque se esperar pelo resgate morre antes.

Aí é que entra Braços Abertos. Ele já perdeu a conta de quantos acidentados já levou pro hospital, salvando a vida de muitos. Sem falar nas mulheres grávidas que começam a dar à luz, as pessoas que sofrem algum ataque do coração ou vítimas de balas perdidas — nesses casos, seu José sempre leva uma testemunha junto, porque ele é um santo homem, mas não é otário de deixar pensarem que foi ele que baleou a pessoa.

O celular também ajuda a encontrar Braços Abertos porque hoje em dia todo mundo tem um. Então, se não tem ninguém que acuda o infeliz que caiu da laje ou tá passando mal, toca a ligar, em desespero, pedindo ajuda. Seu José pode até tardar, mas não falta, já veio até com passageiro dentro, que reclama, mas ele avisa: "O bem que se faz volta, amigo, tenha paciência".

Outro dia um garoto caiu da laje. Braços Abertos tinha acabado de pegar, perto do morro, um passageiro que era médico. Condoído com a situação e impressionado com a solidariedade do motorista, ele prestou os primeiros socorros ao garoto, salvando-lhe a vida. Quer dizer, dentro do azar, o garoto teve sorte. E o médico até se propôs a fazer uma campanha ali no morro sobre a importância de fazer muretas nas lajes.

Apesar de quê, tem sempre aquele zé-mané que responde: "Fazer pra quê, se a gente vai derrubar depois quando construir o segundo andar?" Se ele imaginasse que podia ser o filho dele caindo da laje, talvez mudasse de opinião, pensa Beto.

Quem mais pede ajuda a Braços Abertos é Vó, que, por sua vez, também acode todo mundo. De mordida de bicho a intoxicação, Vó tem uma verdadeira farmácia na casa dela — os anos todos que trabalhou em hospital lhe deram muita experiência. Sabe como imobilizar um braço ou perna quebrados, como colocar um suporte no pescoço, essas coisas. Porque não pode ir mexendo de qualquer jeito na pessoa que caiu da laje ou rolou a escada do morro, senão pode até matar ou aleijar. Em ferimento de bala, por exemplo, ela faz o torniquete pra estancar o sangue e a pessoa não morrer de hemorragia; mas não pode ficar muito tempo, senão para a circulação — daí a importância de levar logo a pessoa pro hospital.

Vó e Braços Abertos são uma dupla dinâmica: tem gente que acha que eles deviam até se casar. Os dois são viúvos, então, até que podia dar certo.

Ao se aproximar do morro, Beto já pressente confusão: lá de cima vem gente descendo espavorida, trouxas nas mãos, crianças agarradas nas saias das mães, bebês de colo berrando, velhos tropeçando nas próprias pernas — na entrada do morro, ao contrário, gente impedida de subir, se juntando à medida que voltam do trabalho ou da escola, querendo saber notícias.

"Que foi, que não foi?", perguntam os que chegam para os que fogem, como se não estivessem cansados de saber: mais uma vez a polícia subiu o morro à procura de algum traficante ou pra estourar cativeiro, e o bangue-bangue começou...

O pior é que os bandidos, na ânsia de escapar dos *canas*, entram nas casas das pessoas, se escondem como podem debaixo das camas, dos sofás, onde der — daí a polícia, perseguindo os caras, arrebenta a porta das casas com chutes de coturnos, entra já disposta a tudo, e o tiroteio come solto: não importa se lá dentro tem velho, mulher grávida, criança, o importante é pegar o marginal, vivo ou morto, dependendo da reação do sujeito.

Dessa vez parece que a coisa foi definitiva: segundo a polícia o cara estava armado e reagiu, trocou tiros com os *canas*, que não tiveram outra alternativa senão atirar pra matar — agora é só levar o corpo lá pra baixo do morro, depois direto pro IML, que bandido bom é bandido morto, né, não?

Daí é aquele fuzuê danado: mãe berrando que executaram o filho dela, que o cara era bom sujeito, nunca teve nada a ver com o tráfico, tinha até arrumado emprego, que ela e mais um monte de testemunhas viram quando o rapaz já rendido, desarmado e no chão, foi executado sem piedade pelos *gambés*.

Alguém que viu tudo mesmo, mas não é mané de sair contando, liga para algum canal de tevê e, incógnito, narra o acontecido. Não demora, lá embaixo no morro, já tem repórter querendo subir a qualquer custo, entrevistar a mãe do cara que morreu, dizem até que era casado, com mulher e filhos, e ainda tão novo, menos de vinte anos!

Beto, assustado, olha em volta procurando Mãe. Logo mais ela chega, tenta parecer calma para não deixar o filho ainda mais apavorado, o que adianta? A coisa sempre se repete, é um clima de guerra, a cada dia um medo, uma angústia, o que vai ser desta vez?

Os que desceram, com trouxas e o que puderam trazer no desespero, garantem: vão embora para casa de parentes; ali no morro é que não ficam mais. Cansaram de viver apavorados, espremidos entre os bandidos e a polícia.

Isso sem falar nos que estão jurados de morte porque alguém do tráfico implicou com eles. É o caso do seu Tião da venda, que não quis que vendessem droga no seu estabelecimento. Antes que fizessem com ele o que fizeram com o pai de Beto, Tião passou o ponto por uma ninharia e tratou de se mandar do morro — deixou duas décadas de trabalho, praticamente perdeu tudo, mas ficou vivo!

— Calma, filho, que logo a gente sobe o morro — pede Mãe, consolando Beto, que pensa nos irmãos lá em cima. Como estarão o Maicon, o Uelinton e o Alison? Mãe nem fala neles, não por ter esquecido dos filhos, mas para não sofrer ainda mais. Será que estão trocando tiros com os *canas*, será que estão escondidos em alguma casa, será que vão descer o morro como aquele que ainda agora passou por ali, mortinho da silva e jogado como um saco de cimento num carrinho de mão? Teve gente que até se benzeu quando viu o defunto...

"Coitada da Zefa, criar filho pra acabar desse jeito" — diz uma mulher, reconhecendo o corpo, mesmo emborcado. "Quem mandou ter filho bandido?", responde outra, impiedosa.

Mãe não muda a expressão do rosto, fica muda e seca ouvindo os comentários, todo o peso do mundo sobre os seus ombros — ela deve se imaginar numa situação dessas, pensa Beto, agoniado. É pura sorte que até agora nenhum dos irmãos tivesse sido apanhado pela polícia, do jeito que ela vive subindo o morro...

E não é só polícia, não. Vira e mexe, quando o lucro fica maior, a cobiça se assanha, os *alemães* aparecem, vindo de morros ao redor, e o bangue-bangue ainda é maior do que no confronto com os *canas*, porque são muito mais bem armados, usam armas de todos os tipos, que eles conseguem sei lá como — com certeza fruto de contrabando pelas fronteiras imensas do Brasil com outros países... Dinheiro pra comprar, pra corromper, é o que não falta!

Beto abraça Mãe, não tem palavras de consolo, também ele se sentindo sem ação — fazer o quê?

Dura uma eternidade aquilo tudo, gente descendo, gente tentando subir o morro... Saíram "neguinhos" presos também, mãos algemadas nas costas, enquanto os parentes se agitam, gritam, desatinados.

Beto conhece de cor essa história: as mães, as mulheres, essas heroínas anônimas vão engrossar depois as filas fora dos presídios, nos dias de visitas... Passaram a noite cozinhando os *jumbos* que vão levar pros filhos, namorados, maridos. Tratam bem seus homens. Fazem sacrifícios para comprar as melhores coisas, passam por aqueles exames miseráveis para detectar alguma arma nas partes íntimas, se submetem a tudo para ter alguns momentos a sós com os parentes.

Claro que sempre tem as tresloucadas que levam mesmo coisas incríveis escondidas no corpo: armas de todos os tipos, drogas; sempre tem gente pra tudo no mundo, não tem? Como aquelas *mulas* que engolem as trouxinhas de cocaína e viajam de estômago entupido para ganhar uma grana. Se rebentar alguma lá dentro do estômago, a *mula* tá perdida, morre de *overdose* na hora.

Se fosse o contrário, diz Vó, quando as mulheres é que vão presas, podem esquecer: geralmente os companheiros as abandonam à própria sorte, arrumam outras no dia seguinte. Só mulher é capaz desse sacrifício todo pelo homem dela. Vó acha que é a maior burrice, outros acham que é generosidade, capacidade de amar, vá lá saber. Sem falar daquelas que arrumam namorados prisioneiros, ficam grávidas dos caras lá dentro do presídio mesmo, durante as visitas íntimas...

E não tem também as que ficam noivas e até casam com assassinos que mataram um monte de mulher, verdadeiros psicopatas? Aí, diz Vó, já é caso de loucura mesmo: acharam a outra metade da maçã certinho, deviam ser internadas..

Tudo isso passa pela cabeça de Beto enquanto olha o formigueiro humano que se desespera na entrada do morro, naquele desce, sobe, empurra, berra...

Ao lado de Mãe, Beto é apenas um filhote assustado.

A coisa se complica

Quase uma semana a polícia ficou dando batida no morro, subindo e descendo pelas vielas, enquanto o povo se virava como podia — alguns foram embora definitivamente; outros, quando os *canas* deram por encerrado o trabalho, voltaram para recuperar casa e pertences. Muitos acharam tudo revirado e reclamaram que havia sumido o que tinham de melhor: eletrodomésticos, roupas. Queriam saber quem eram os ladrões... Antes, diziam, iam trabalhar sossegados, voltavam e encontravam tudo em ordem. Agora, mesmo com os *canas* por toda parte, as casas eram arrombadas e as coisas desapareciam... No mínimo, era muito esquisito. Mas iam reclamar pra quem?

No dia da invasão, Beto e Mãe só conseguiram subir o morro lá pelas tantas da madrugada. O garoto, assustado, queria ir embora dali, pra casa de algum parente. Mãe disse que não. Ela não gostava de incomodar os outros; todo mundo já vivia com filhos, agregados, imagine se ela ia morar de favor; tinha brio demais pra isso. Tinham casa, o lugar deles era ali no morro. Ainda mais que os outros filhos deviam estar escondidos ou trocando tiros com a polícia. Bandidos ou não, ela não ia fugir, deixando os meninos largados à própria sorte...

Por toda parte, agora, corria um zum-zum-zum crescente como quarto de lua: o antigo gerente geral que cumpria um tempo de cadeia podia sair a qualquer momento. Isso devia tirar o sono do amigo que ficara no lugar dele e se acostumara, como dissera o Maicon, a todas as mordomias do cargo.

Nas horas difíceis, de comoção, as pessoas se descontrolam, soltam a língua, falam o que não devem. Dizem que o antigo gerente geral, o Nero — recebeu essa alcunha porque tem mania de pôr fogo nos inimigos dentro de pneus velhos —, foi pego pelos *canas* graças à delação. Comentam até que o delator foi justamente aquele que o cara considerava seu melhor amigo e agora dirige todo o tráfico no morro. Com amigo assim, é preferível ter inimigo.

Decerto o Nero, que se dizia tão esperto, só foi descobrir isso quando já estava engaiolado, e provavelmente só aguardava o momento oportuno para um acerto de contas. Daí o morro ia ferver feito vulcão que de repente começa a lançar uma chuva de fogo...

O atual gerente geral do morro, o traidor, é um cara cujo apelido é Ruivo, porque tinge os cabelos de vermelho, o que ele acha o máximo. Sujeito muito do exibido — no dia a dia usa o "uniforme" do morro: bermudão, camiseta e chinelo de dedo; pros bailes *funk* ele vai na elegância: roupa de grife, joias e o harém de *minas* à volta dele, no maior chamego, disputando quem é a preferida.

Sem falar nos *fiéis* que o rodeiam, sempre armados, prontos para retaliar quem se atrever a chegar perto do chefe. Mal comparando, parece até aqueles capangas da máfia que Beto vê nos filmes pela tevê...

Mas, segundo o bochicho do pessoal do morro, o Ruivo tem um ponto fraco, e aí é que mora o perigo. O cara se sente o rei da cocada e, por isso mesmo, não resiste a descer o morro de vez em quando, a rodar pela cidade de carro importado, bancando o maioral pra *mina* da hora, e, com ela a tiracolo, fazer compras nos *shoppings* de luxo, comer num bom restaurante... Afinal, na cabeça dele, de que adianta ganhar tanto dinheiro se tiver de viver sempre no morro, sem poder curtir o poder que a grana dá?

De vez em quando, pelas quebradas do morro, aparecem umas pichações afrontosas, de quem por certo não perdoou a traição. "Te cuida, Judas", "Tua hora vai chegar..." é o que mais se picha por lá. Que nada. O Ruivo arrota valentia, diz que o Nero já era, teve seu tempo por ali, agora deve estar vendo tevê lá no presídio, jogando futebol no pátio, esperando o *jumbo* semanal levado pelas *minas* abnegadas que ele deixou pelo morro e ainda suspiram pela sua volta...

Mas o bochicho não para, cresce como massa de pão fermentando: que os advogados do Nero estão empenhados na sua soltura, que ele já cumpriu parte da pena. Tem até quem diga que a liberdade dele nem depende de lei coisa nenhuma — ele vem tramando, faz tempo, uma fuga cinematográfica, que o homem é pior que gato, tem sete vidas. Outros comentam que o dinheiro que o Nero ganhou quando era gerente geral, no morro talvez já tenha acabado — ele precisa descobrir uma fonte de renda rápida e segura para ter o suporte necessário: armas e mercenários para enfrentar o poder de fogo do Ruivo.

Resumindo: o Nero só está esperando uma oportunidade para dar o contragolpe no Ruivo — o cara, além de traidor, criou muito topete, vive desfilando por aí, se vangloriando dos altos negócios, chamando a atenção dos *canas*. Hora de trocar de gerência, antes que os *alemães* cobiçosos invadam o morro e tomem conta da situação.

Dia e noite, é sempre aquela insegurança, calmaria antes da tempestade, como diz Zé Grandão, que ora perambula pelas vielas, ora some, ninguém sabe aonde vai. O homem é puro mistério, não trabalha nem nada, nunca falou em aposentadoria. E, no entanto, vive bem, tem casa própria, ainda que modesta, despensa cheia, que o corpo taludo não se satisfaz com pouca comida. De onde vem o dinheiro, sabe-se lá. Vai ver tem padrinho rico.

Quem também se rola de medo, nesses tempos bicudos, são os policiais que vivem no morro, porque o salário curto nem sempre permite viver em outro lugar. Se um traficante descobre que o cara é *cana*, pode encomendar o caixão, seja vizinho ou amigo de infância. Então, o sujeito tem de pedir segredo pra família, ninguém abre a boca pelo amor de Deus! Inventa que tem outro serviço qualquer, sai de roupa de trabalhador — a farda vai bem guardada, dobradinha na sacola, farda essa que a mulher lavou escondido, dentro de casa, e secou atrás da geladeira pra não dar bandeira pros vizinhos, que podiam descobrir e *xisnovar*.

A Marinalva, vizinha da esquerda, é mulher de policial. Beto descobriu por acaso quando chegou um dia em casa e viu a moça chorando as mágoas pra Mãe, que é de confiança. Não aguentava mais tanta aflição, nem pros filhos ela contava que o marido era *cana*, precisava disfarçar o tempo todo pra não dar bandeira. E o coitado sempre de coração na mão, nem em casa tinha sossego. Já não bastava enfrentar bandido lá no asfalto, ainda tinha de fingir — quando estava de folga e topava com um companheiro, durante as batidas da polícia pelas vielas do morro — que não conhecia ninguém, e que também odiava os temidos *canas*.

Mãe consolou como pôde, disse que a vida é assim mesmo, que a outra tivesse esperança, foi esperta de não contar nada pros filhos, sabe como criança é zefirina, podia dar com a língua nos dentes.

E Marinalva chorando que vivia no maior desespero sem saber se o marido voltaria vivo pra casa. Pois os bandidos não tinham atocaiado outro dia mesmo dois colegas de batalhão — atraíram os coitados para uma chamada de assalto, tudo mentira; acabaram com eles numa saraivada de tiros de fuzil que destruiu até o carro. Tão novos ainda, deixaram filhos, a mulher de um estava até grávida.

"Isso é vida pra um homem de bem, dona Maria? Salário pouco, colete à prova de bala que nem protege direito, tendo de viver na favela e ainda fazendo de conta que não é policial? Sem poder ter orgulho da farda escondida atrás da geladeira, os filhos pensando que o pai tem outra profissão? Fazendo bico pra sobreviver e até morrendo enquanto faz bico, quando os bandidos assaltam bancos ou restaurantes? Daí tem enterro bonito, tiro pro alto, notícia no jornal e na tevê, ganha até promoção depois que morre... Isso é vida, me responda?

Tá certo que tem muito *cana* corrupto, que deixa prisioneiro escapar da cadeia, tem até trato com traficante, ou que atira pra matar em quem já tá rendido no chão, como se fosse o dono da vida e da morte do sujeito, claro que tem. Mas ela tá falando de um cabra honesto, pai de família, como muitos outros que têm vergonha na cara e consciência, que nunca iam trair o juramento que fizeram de defender as pessoas, que jamais iam viver uma vida criminal.

Pois a senhora não vê esse tal de Ruivo desfilando por aí, todo no bem-bom — dinheiro de fartura, harém de garotas, se escondendo na casa de uma ou de outra, desfilando lá no asfalto como rei? Pra muita gente ali no morro ele é como rei mesmo, distribui generosidades pra causar efeito: compra remédio, óculos, cesta básica, uns agrados pra parecer bom sujeito, coisa que ele não é.

O que ele é, na verdade, como todos eles são, é um cara cruel, que não deixa barato, que retalia sem dó nem piedade. Como aquele que tá preso faz tempo, o tal do Nero. Dizem que mandou matar muita gente, até mesmo o seu marido, não é mesmo, dona Maria? E nem deu à família o direito de resgatar o corpo do falecido, porque mandou esquartejar e queimar, lá no 'micro-ondas', no alto do morro? E olhe que não foi a primeira vítima, não, devem ter sido dezenas..."

Um soluço faz com que Marinalva se vire — dá com Beto parado na porta da cozinha, transido de revolta causada pela lembrança da tragédia familiar. A moça se despede, aflita, falou o que não devia, coitado do menino.

O coração de Beto agora novamente atribulado; a Marinalva mexeu na ferida que parecia cicatrizada. Qualquer dia desses o Nero sai mesmo da cadeia, ele conhece bem o bochicho ali do morro — quando a coisa se espalha é como fumaça denunciando fogo... Às vezes, são os próprios traficantes que mandam um baba-ovo fazer o serviço: circular pelas vielas contando a novidade, pra gerar o pânico. Talvez não esteja longe a hora de cruzar com o assassino de Pai, e ele não imagina qual será a própria reação.

De qualquer jeito, as pessoas tentam levar a vida. Mesmo enquanto os *canas* estavam ali pelo morro, elas desciam e subiam todos os dias, tentando fazer de conta que nada acontecia de anormal. Crianças de mochilas nas costas, a caminho da escola, passavam ao lado dos policiais armados que revistavam suspeitos ou carregavam os mortos no confronto.

Criança ali já se acostumou com tudo: tiros no meio da noite; porta da casa arrombada por traficantes, policiais ou fugitivos de ambos; presuntos desovados nos canais de esgotos que cortam as vielas.

Criança ali conhece todo tipo de arma, reconhece até pelo barulho do tiro. Se agarra na saia ou no peito da mãe de um jeito já conformado, porque nasceu e vive no meio de uma guerra que parece não ter fim...

E o formigueiro humano desce e sobe o morro — enquanto os traficantes se escondem da polícia, que vasculha e vasculha e quase nunca encontra quem procura, porque é tanta viela, tanta casa, tanto esconderijo que não há como dar conta.

Mas, durante o tempo em que os *canas* estão por

ali, não se faz negócio, é uma derrocada para o tráfico. Qual é o cliente que vai ser louco de subir o morro e comprar a droga assim, na cara dura, ameaçado até de pegar um flagrante? Quem é que vai encomendar a droga e arriscar que o *avião* seja seguido?

Durante alguns dias tudo para, que ninguém é besta de arriscar. Os traficantes evitam que o confronto se alongue, se defendem no início, mas depois se acastelam no alto do morro — a polícia, que já fez sua colheita costumeira, acaba finalmente indo embora.

Daí, na fissura da abstinência, é um sobe e desce no morro de clientes ávidos feito formigas desvairadas em busca de açúcar; e um monte de *aviãozinho* disparando pelo asfalto, na entrega em domicílio dos mais comodistas.

Então, o Ruivo, como um predador, também sai da toca.

É o morro que volta ao normal.

A missão

Beto está voltando da escola quando um moleque lhe entrega um bilhete. Não dá nem tempo de perguntar quem mandou; o danado já se escafedeu pelas vielas do morro. Dia ou noite, por ali, tem sempre um *aviãozinho* para servir de mensageiro...

Precavido, Beto deixa pra ler o bilhete em casa. Mãe ainda não chegou do trabalho, ele está sozinho, sem testemunha. A mensagem é do Maicon. Nela, o irmão ordena que ele vá, sem falta, depois da meia-noite, até a casa de Zé Grandão, onde receberá novas ordens. Maicon também diz que é pra Beto guardar o maior segredo, pois é coisa importante pro futuro dele. E que tenha o maior cuidado pra não ser seguido.

Beto fica indeciso. Tá cansado de saber que as coisas ali no morro geralmente são feitas de madrugada para não dar muito na vista. Entretanto, ele confia no Maicon; o irmão não iria mandá-lo a uma armadilha. Ao mesmo tempo, não tem certeza de que se trata de coisa honesta.

Afinal, o mano é gerente dos soldados, um traficante como outro qualquer. Mãe saberia o que decidir, mas o Maicon pedira sigilo. E depois, se Mãe soubesse, não o deixaria ir.

Sua angústia é tão visível que, quando Mãe chega, até comenta que ele está com uma cara esquisita. Beto disfarça, diz que é cansaço. Mãe confessa que também está exausta; essa condução acaba com ela, mais se cansa no trajeto de ida e volta do que durante o serviço.

Parece que as horas não passam; ele tenta ver um pouco de tevê, mas a ideia fixa não dá sossego: vai ou não vai, vai ou não vai? Finalmente, depois da novela, Mãe dá um beijo de boa-noite e recomenda que ele não fique acordado até tarde.

Pelo jeito do bilhete do Maicon, a coisa parece urgente. Quando o relógio marca meia-noite, Beto, já decidido a ir, sai de fininho. Ele conhece o lugar onde mora o Zé Grandão: a casa fica num local bem isolado do morro, perto de uma pequena trilha que dá na floresta.

Como o irmão pediu, certifica-se de que não é seguido. O pessoal do tráfico está ocupado nas bocas atendendo os clientes noturnos ou vigiando os pontos mais altos. Os moradores, na sua maioria, estão dormindo — levantam muito cedo pra encarar a condução e bater o ponto no trabalho.

Como fizera anteriormente, quando fora encontrar o Maicon junto com a Kaline, o garoto segue pelas vielas mais escuras e vazias, despertando alguns vira-latas que latem quando ele passa — nada que chame muito a atenção. Depois de uns minutos de caminhada, chega ao seu destino. A casa de Zé Grandão até que é bem cuidada, de vez em quando o homem dá uma demão de tinta nas paredes, conserta o telhado, tempo é que não lhe falta.

Beto bate de leve na porta, frio correndo pela espinha, já arrependido de ter vindo. O que será que o outro tem a dizer? Esse Maicon tem cada ideia! Estremece de leve quando o homem abre a porta, a figura enorme crescendo diante dele feito personagem de filme de terror...

Zé Grandão nem dá tempo de Beto falar alguma coisa; puxa o garoto pra dentro e, depois de espiar se ele não foi seguido, fecha a porta.

— Ouça com muita atenção, Beto — diz o homem para o garoto apavorado à sua frente: — Isso é missão pra cabra-macho, mas o Maicon me garantiu que você dá conta do recado.

— Sim, senhor — responde Beto, meio engasgado.

— Vou direto ao assunto que a gente não tem tempo a perder: o Nero tá pra sair a qualquer momento da cadeia, de que jeito eu não sei e nem me interessa. O que eu sei é que ele armou um plano pra conseguir uma grana alta e assim poder enfrentar o Ruivo e voltar ao cargo de gerente geral aqui do morro.

— E o que isso tem a ver comigo? — consegue dizer Beto, cada vez mais confuso com a situação inusitada.

— Preste atenção, moleque, porque não vou repetir: quem pôs o tal plano em prática foi o pessoal do Nero. E entre eles está o seu irmão, o Maicon, que é o gerente dos soldados do Ruivo mas, por baixo do pano, obedece ao Nero, entendeu?

— Não acredito! — revolta-se Beto. — Quer dizer que o meu irmão está ajudando justamente o assassino do nosso pai a ter condições de sair da cadeia e ainda retomar o seu poder aqui no morro?

— Calma, aí, garoto! — pede o Zé Grandão. — As coisas nem sempre são o que parecem: o seu irmão é um cabra muito sabido, sabe o que está fazendo. Então, não faça perguntas que eu não posso responder e ouça com atenção o que você deve fazer...

— Acho que eu dou conta — diz Beto, após ouvir o que o outro lhe disse.

— Acho, não — replica o outro, áspero —, você *tem* de dar conta. É o seu futuro também que está em jogo, garoto, não se esqueça disso.

— Que história é essa de meu futuro? O Maicon também falou disso no bilhete, mas ninguém me explicou nada até agora — insistiu o garoto, curioso.

— Você logo vai entender. Por enquanto, já disse, sem perguntas. Vá e trate de fazer o que o Maicon mandou. E fique avisado: se contar pra alguém essa nossa conversa, eu nego tudo e quem se ferra é você.

No dia seguinte, quando volta da escola, Beto encontra o local em polvorosa — corre o maior bochicho: um empresário sequestrado conseguira escapar ileso do cativeiro, localizado numa das vielas do morro, para onde havia sido levado dias antes — o resgate milionário exigido da família do homem nem havia sido pago ainda.

Abatido, barba por fazer, o empresário deu declarações à mídia confessando que aproveitara para fugir enquanto os vigias dormiam... Então escapara pela floresta que ficava perto até alcançar uma estrada e pedir socorro a um motorista de caminhão.

Cercada por uma rodinha de vizinhas na porta da casa, Vó comenta, desolada: agora mesmo é que o morro vai ficar malvisto; onde já se viu, virar cativeiro de gente sequestrada, coisa mais horrível não há — privar uma pessoa da sua liberdade, deixando a família em desespero.

Mãe, assistindo ao jornal pela tevê, de vez em quando olha de modo furtivo para o lado de Beto. Até que não se contém; faz a pergunta que estava atravessada na garganta o dia inteiro:

— Você saiu de casa essa madrugada, Beto?

Beto engole em seco, não gosta de mentir, aliás não gosta de mentira de jeito nenhum. Mas, devido às circunstâncias, não tem outra opção. Responde sem olhar para a mãe:

— Eu? De jeito nenhum, até perdi a hora, hoje.

Mãe é fogo, insiste:

— Talvez tenha sido sonho, mas tive a impressão de que você abriu a porta da rua, lá pela meia-noite. Só não levantei porque estava morta de cansaço. Quando acordei de manhã, você estava dormindo no sofá, mas não sei, não...

Beto tenta mudar de conversa, porém Mãe não é fácil. Ainda avisa, olho no olho:

— Se eu descobrir que você anda aprontando alguma coisa, nem imagino o que sou capaz de fazer...

"Coitada da Mãe!", pensa Beto. Tanta canseira, tanto desgosto e ele ainda dando dor de cabeça pra ela. Mas o que ele pode fazer? Está amarrado como se tivesse feito um juramento. E que história é aquela de que a tal missão da qual foi incumbido tem a ver com o seu próprio futuro? Tá todo mundo ficando louco?

Mãe finalmente muda de assunto. Diz que a semana que vem vai dormir na fila de outra escola, a de ensino médio, como fez anteriormente, para conseguir vaga. "De jeito nenhum, mãe! Desta vez sou eu quem vai...", garante o garoto.

Beto está feliz, tem ótimas notas, vai terminar tranquilo o ano escolar, se formar no curso fundamental. Ele espera estudar em outra boa escola, onde haja cursos profissionalizantes, daí será mais fácil arrumar um emprego. Quem sabe até, num futuro próximo, poderá tirar Mãe daquele trabalho desgastante.

Sonhos e mais sonhos. Mas o que seria da vida dele se não pudesse sonhar? Ele não quer ficar apenas nos sonhos, não; quer realizá-los. E, pra isso, precisa vencer várias etapas até chegar finalmente à tão sonhada faculdade de Direito.

"Tô de olho em você, Roberto!", Mãe ainda diz antes de dormir. Ele precisa tomar cuidado; Mãe parece que dorme com um olho fechado e outro aberto. Ou, então, escuta dormindo...

Ele ainda nem acredita na loucura que foi capaz de fazer. Passou o dia todo evitando pensar no assunto. Agora que a coisa toda está na boca da mídia e do povo, e Mãe já foi dormir, ele pode encarar...

Zé Grandão, pelo visto, não tem nada de otário, disfarça muito bem, o danado. Deve ser assim, unha e carne com o Maicon, tipo de espia dele. E provavelmente é o irmão quem garante a vida mansa do homem, que passa por andarilho — quer melhor disfarce para ouvir e recolher conversa de todo mundo? Quem vai desconfiar de um cara que vive contando histórias pra crianças? Esse Maicon é diabólico mesmo!

Ele só não entende muito bem até que ponto o Maicon quer chegar com tudo aquilo. Primeiro, parece que ajudou o tal Nero a pôr em prática o plano de sequestrar o empresário rico. Depois, em vez de manter o cara em cativeiro até pôr a mão no resgate polpudo, ele volta atrás: manda, através do Zé Grandão, que o garoto vá até o cativeiro do milionário, o solte e o leve para a floresta, que fica bem na saída do morro — naturalmente, não havia vigia nenhum quando Beto chegou ao cativeiro. Maicon devia também ter mandado os soldados sob seu comando deixarem o local, tudo combinado previamente, inclusive com a vítima, que omitiu para a mídia a presença de Beto e disse que fugiu enquanto os vigias dormiam...

E daí?

O Nero a essa altura já deve desconfiar ou até saber que foi traído — não faltariam os baba-ovos pra contar que os soldados do tráfico encarregados da vigilância do milionário abandonaram o cativeiro e deixaram o cara sozinho... E quem é o chefe dos soldados ali no morro? O Maicon, claro, que, supostamente, sempre fora fiel ao Nero, mesmo tendo de obedecer forçado às ordens do Ruivo. Também há outra hipótese: teria o Ruivo descoberto toda a trama e obrigado o Maicon a retirar os soldados? Ou fora o próprio Maicon quem tomara essa decisão?

De um jeito ou de outro, o Maicon está ferrado. Porque ficou num fogo cruzado: de um lado, o Nero; de outro, Ruivo, que, a essa altura dos acontecimentos, no mínimo já percebeu que não pode confiar cegamente no seu gerente dos soldados.

Agora o que Beto não consegue entender é o que seu futuro tem a ver com a guerra entre dois traficantes cruéis em disputa pelo poder ali no morro.

Claro que, por uma razão de segurança, o milionário foi orientado a não revelar quem o libertara, ensinando-lhe depois o caminho de fuga pela floresta... Então, ele recitou direitinho o discurso previamente combinado. Quando Beto o salvou, ele apenas disse: "Obrigado, garoto, você não vai se arrepender do bem que fez hoje".

Ele nem precisava ter dito isso. Beto não se arrepende mesmo, nem espera nada em troca. Libertar o sujeito lhe deu até uma sensação de alívio. Pensa como Vó, acha sequestro uma coisa medonha, uma crueldade sem tamanho — tirar o cara da vida dele sem mais nem menos, jogar num cubículo, às vezes até acorrentado, sem poder ir ao banheiro fazer as necessidades ou tomar banho — cruz-credo! Como um ser humano é capaz de fazer isso com outro? Precisa ter perdido toda a humanidade mesmo!

Apocalipse

Foi igualzinho a um filme de terror. De madrugada, quando o Sol ainda nem tinha aparecido e os moradores do morro estavam acordando sonolentos, para fazer café, preparar a marmita e sair para o trabalho...

De repente, aquele sururu do brejo: tiroteio de tirar as pessoas do sério e, entre gritos de pavor, agarrar os filhos e se esconder onde pudesse, as mãos tampando os ouvidos para se livrar do ruído ensurdecedor.

Mesmo para os moradores do morro — acostumados com os confrontos entre traficantes e polícia que aconteciam de tempos em tempos —, a coisa foi de espantar. Até Vó, desta vez, apavorada de se ver sozinha, afundou porta adentro da casa de Beto, berrando: "É o fim do mundo, é o fim do mundo!".

Mãe agarrou a vizinha, levou-a para trás da geladeira, onde Beto já tremia todo como folha verde. Ficaram ali os três, de mãos dadas, rezando baixinho, suplicando a Deus e a todos os santos que tivessem pena dos inocentes como eles...

Quanto tempo ficaram assim, também não saberiam dizer. Talvez horas. E, em todas as casas, pelas vielas, a cena se repetia: os moradores agachados, escondidos, com medo até de levantar a cabeça — alguns se arrastavam pelo chão, tendo o cuidado para ficar no limite da altura das janelas, muitas já arrebentadas pelas balas perdidas de fuzis ou metralhadoras que também faziam buracos enormes nas fachadas...

Mas, assim como começara, o tiroteio parou. Seguiu-se um silêncio esquisito, ainda mais apavorante — parecia que todos haviam morrido, e restava apenas o tremular de folhas das árvores brotando aqui e ali, numa resistência comovente.

Então, como se fossem homens das cavernas, desconfiados da presença de predadores, os moradores foram saindo das casas, ainda trêmulos e hesitantes... Logo depois um moleque passou correndo pelas vielas, gritando:

— O Nero voltou, o Nero voltou!

Não demorou, todo mundo ficou sabendo o que realmente acontecera: nas primeiras horas da madrugada, o Nero, o antigo gerente geral, fugira da cadeia, pulando o muro do pátio enquanto o vigia da torre do presídio, muito oportunamente, se ausentara por alguns instantes sem ser substituído por um companheiro. Pelo Nero, lá fora, já esperavam os comparsas, num comboio muito bem armado...

Como não conseguira dinheiro com o resgate do milionário que fugira do cativeiro, o Nero tivera de achar outra solução para enfrentar o Ruivo, o atual gerente geral ali do morro: então propusera aliança a outra facção que controlava os morros vizinhos — foi esse o exército de marginais que invadiu o morro de madrugada, travando uma verdadeira guerra entre traficantes rivais.

Mesmo avisada, por denúncia anônima, a polícia não ousou intervir enquanto os bandidos se digladiavam — foi só quando os invasores se retiraram, e os moradores começaram a aparecer nas portas das casas, que os *gambés*, meio assustados, finalmente subiram o morro...

Havia sinais de destruição por toda parte. Puro milagre que não tivesse acontecido um genocídio. Muitos se salvaram pela presteza com que se esconderam embaixo ou atrás de algum anteparo, como camas ou geladeiras.

Mas a morte fez colheita farta, naquela madrugada terrível, entre os invasores e entre os que defendiam o morro — mesmo para os moradores acostumados com essas cenas, o número de "presuntos" era estarrecedor. Saindo finalmente para trabalhar ou ir para escola, tanto adultos quanto crianças precisavam desviar do caminho costumeiro a fim de não tropeçar nos cadáveres estirados em poças de sangue pelas vielas...

Entre os falecidos, estava o Ruivo, com uma singular diferença: ele segurava, nas mãos postas sobre o peito, a cabeça decapitada, onde os cabelos vermelhos faziam um contraponto sombrio ao resto do corpo já atingido pela rigidez cadavérica.

Mãe, Beto e Vó custaram a tomar coragem para sair de trás da geladeira. Foi preciso que uma das vizinhas entrasse na casa, pela porta que permanecera aberta, e chamasse por eles.

Mãe, como se estivesse em estado de choque, só repetia a ladainha:

— Os meninos, cadê os meninos? Onde estão os meus meninos?

Tanto pediu, tanto implorou, que Beto resolveu sair à procura dos irmãos. Tarefa árdua porque ainda precisava desviar dos policiais que, à moda costumeira, recolhiam os corpos ou invadiam os barracos à procura tardia dos traficantes ali do morro ou dos invasores.

Foi então que, numa das vielas, deu de cara com Zé Grandão, cabelos desgrenhados, aspecto infernal, que lhe disse de jato, sem preparo nem nada, crueza total:

— Diga pra tua mãe que agora só sobraram dois filhos: o Uelinton e o Alison já eram.

Em estado de choque, Beto vagou pelo morro... Entrando e saindo das vielas tão suas conhecidas, era como se tivesse voltado ao tempo de infância, quando corria por ali junto dos irmãos mais velhos ou quando, em cima das lajes, soltavam pipas coloridas que rodopiavam no céu feito bailarinas...

Ou então quando jogavam futebol no campinho lá no alto do morro, tão distraídos e felizes, nas manhãs ensolaradas de domingo, quando Pai ainda era vivo e ficava rindo e gritando para os garotos fazerem gol.

De repente, toda a sua vida parecia um filme: os irmãos entrando para o tráfico, as brigas em casa, o pai gritando que não admitia isso, o vizinho escutando e delatando, Pai emboscado e morto, a família dividida, aquela desgraceira toda que não parecia mais ter fim...

Agora a tragédia se completava: dois de seus irmãos mortos no confronto. O Maicon, aparentemente, conseguira sobreviver. Será que se escondera do Nero, será que convencera o outro de que permanecia fiel, mesmo o milionário tendo escapado do cativeiro? Vá lá saber. O irmão mais velho era muito ardiloso — mas até quando?

Agora a tarefa de Beto era conseguir coragem para contar à mãe a verdade dolorosa — não era isso que ela, como tantas mães ali do morro, já previa, nos seus piores pesadelos?

Depois que soube da notícia, Mãe ficou dias fechada no quarto sem querer falar ou ver ninguém. Se chorou, ninguém ouviu. Quando muito, no limite da fome ou da sede, pegava a comida ou a água que Beto, desesperado, deixava do lado de fora. Só saiu de lá para reconhecer os corpos no IML. Pelo menos pôde enterrar seus meninos, coisa que não tinha feito com o pai deles. A sorte de Mãe foi a vizinha generosa: Vó tinha umas economias que emprestou a perder de vista, para que os irmãos de Beto tivessem um sepultamento pobre, porém, digno.

O cabelo de Mãe embranqueceu de repente, seus ombros ficaram mais curvados. O riso sumiu do seu rosto, ela que sempre foi mais séria que outra coisa. E ainda tinha gente que, a pretexto de consolá-la, dizia aquela frase absurda, como se filho fosse um tipo de refil:

— Se conforme, comadre, que ainda lhe restam dois.

Do Maicon, o mano mais velho, ninguém tinha notícia. Nem no enterro apareceu. Alguns diziam que o Nero o tinha perdoado porque sempre fora fiel e supostamente acreditara que quem soltou o milionário fora o

Ruivo. Outros, ao contrário, diziam que o Maicon estava jurado de morte, escondido no morro ou então longe dali.

Zé Grandão também, depois de dar o recado, tomou chá de sumiço, escafedeu-se. Pode ser até que tivesse ido junto com o Maicon pra lugar ignorado.

Beto tentava conversar com Mãe sobre o acontecido, mas ela evitava o assunto, não queria prosa. Curtia seu luto em silêncio, sem derramar lágrimas. Vó não se conformava com isso, vivia dizendo:

— Você precisa chorar, mulher, botar o sofrimento pra fora, senão isso vai acabar com você.

— Tem muitas formas de chorar — replicava Mãe, e Beto ficava pensando no que ela queria dizer com isso. Talvez Mãe chorasse por dentro...

De qualquer forma, o tempo passou... Os dias e semanas se sucederam...

Pelo menos houve um motivo de alegria. No final do ano, chegou o dia da formatura de Beto no curso fundamental. Mãe e Vó botaram os vestidos mais bonitos e lá foram para a escola estadual assistir à cerimônia.

Pela primeira vez, depois que os manos tinham sido mortos, mãe sorriu ao ver o seu caçula, no terno alugado, todo pimpão lá no palco, recebendo o primeiro diploma. Quem sabe, com muito esforço e persistência, outros diplomas viriam? Do fundo do coração, Mãe pedia a Deus que tivesse piedade dela, mantivesse o seu menino no caminho do bem.

Mãe, porém, sempre acreditou que não basta pedir, é preciso ajudar Deus. Então, logo na semana seguinte, lá foi Beto, por sua vez, passar duas noites e dois dias na fila em frente à escola para conseguir se matricular no primeiro ano do ensino médio. Mãe só sossegou quando ele garantiu a vaga. Missão cumprida: o filho caçula na outra escola, mais uma etapa pra vida honesta e futuro melhor.

Beto já estava há um mês cursando o período noturno de aulas, quando viu, anexado na parede do corredor da escola, um cartaz que dizia:

> Precisa-se de garoto menor, 16 anos de idade, com curso fundamental completo e que esteja cursando o ensino médio, para trabalhar período integral como *office-boy*, em escritório de advocacia. O interessado deve comparecer munido de documento de identidade e autorização dos pais ou responsáveis ao endereço abaixo, no horário comercial. Favor não se apresentar quem não cumprir todos os requisitos acima.

Beto não queria acreditar no que leu, parecia um emprego feito sob encomenda pra ele. Com um salário fixo, poderia ajudar Mãe nas despesas, sem falar nas suas próprias, como compra de material escolar. Entusiasmado e tendo garantido a autorização materna, Beto, já no dia seguinte, dirigiu-se ao local indicado.

Ficou desanimado logo ao entrar. A sala estava lotada com jovens como ele à procura do primeiro emprego com carteira assinada. Até pensou em desistir, mas, raciocinando melhor, resolveu ficar. Só foi atendido muito tempo depois. A pessoa que o entrevistou, um senhor de meia-idade, lhe fez perguntas sobre sua vida pessoal, onde estudara, vivia etc.

Beto não era acostumado a mentir. Disse que morava no morro, o pai era falecido e a mãe trabalhava como diarista em casas de família, podia até dar o endereço e telefone dos patrões para confirmar isso. Perguntado sobre seus irmãos, também foi sincero: contou que dois eram falecidos, e o outro tomara rumo ignorado. Não entrou em maiores detalhes e também nada mais lhe foi perguntado.

Saiu dali com a certeza de que não seria aprovado. A concorrência era enorme, e o fato de morar no morro também não era uma boa referência, ele sabia disso. Além do mais, o entrevistador, apesar de discreto, poderia cismar com aquela história dos irmãos que não ficara bem explicada.

Paciência. Se não fosse esse emprego, seria outro. Aliás, ele precisava logo conseguir uma vaga, pra comprar o material escolar, que era caro. Sem falar dos remédios para a mãe.

Novos tempos

Não tendo recebido notícia sobre o emprego, Beto até desiste de pensar nessa possibilidade, outro garoto deve ter ficado com a vaga. O negócio é tocar a vida e continuar fazendo os bicos. Felizmente, ele tem uma freguesia certa que lhe rende uma quantia mínima. Além disso, sabedora da situação familiar e do esforço de Beto em cursar o ensino médio, uma das patroas, mulher de médico, tem comprado os remédios de que Mãe precisa, com um grande desconto. Sempre se dá um jeito de sobreviver.

O problema maior é que agora Mãe tem cismado: quer porque quer saber como morreram os seus meninos. Denunciou as mortes lá na delegacia do bairro, exige a verdade: se os tiros que mataram o Uelinton e o Alison saíram das armas dos traficantes ou dos policiais. Coisa difícil de resolver. Ela tem o resultado dos exames feitos no IML que relata os tipos de balas encontradas nos corpos — e daí? Foi tanta gente que morreu. Talvez a polícia nem dê conta ou nem queira se dar ao trabalho de descobrir quem matou quem. As pessoas que se consolem com o fato de saber que os parentes morreram — são mais felizes do que aquelas que até hoje não sabem o paradeiro de seus familiares, se ainda estão vivos ou se já foram desta pra melhor.

Mas o delegado não conhece Mãe. Ela não é daquelas que desistem fácil. Toda semana, lá vai ela à delegacia, querendo saber notícias. O homem até já finge que não está, manda qualquer um atendê-la, dar uma desculpa esfarrapada.

Cansada de não ter notícia nenhuma, de ser tratada quase como louca, Mãe tomou uma providência: formou uma entidade com outras mães de mortos ou desaparecidos, tão corajosas quanto ela. Juntas, elas pretendem pressionar os órgãos públicos para descobrir o paradeiro ou mesmo quem matou os filhos delas e levar os responsáveis à Justiça. Pode levar o tempo que for — mãe que é mãe, enquanto tiver vida, não esquece; luta, não fraqueja jamais.

Sem falar que Mãe também se preocupa com o Maicon, que nunca mais deu notícias. Ele pode ser um traficante, gerente dos soldados ali do morro, mas é filho dela também. De vez em quando, Mãe fala nele, por onde será que anda, será que se alimenta bem, está com saúde? Quem garante que não tenha sido ferido naquela noite infernal, de tanta troca de tiro que parecia mesmo o fim do mundo, como disse Vó?

Beto procura consolá-la, se Zé Grandão falou apenas a respeito dos dois irmãos, é possível que o Maicon tenha escapado com vida. Deve estar mesmo escondido por aí, esperando a hora segura de aparecer.

Beto está pensando nisso tudo enquanto anda pelo corredor da escola, quando topa com a Kaline, na sua frente, bem mais magra, mas ainda linda de morrer, que abre o maior sorriso:

— Oi, Beto, você por aqui?

— Oi, Kaline — responde o garoto, espantado. — Eu estudo aqui e você, o que veio fazer?

— Ora, eu *também* estudo aqui, companheiro. Consegui uma vaga pro segundo ano do ensino médio; eu tinha parado no final do primeiro, quando comecei a namorar com o seu irmão, lembra?

— Puxa, que legal! Quer dizer que você sobreviveu mesmo ao baita fora que levou do Maicon?

— Confesso que ele queimou o meu filme, aquele safado — admite a Kaline. — Parece brincadeira, mas sabe que ele acabou me fazendo muito bem? Serviu pra eu fazer uma avaliação de vida, sabia? Que futuro eu teria como namorada de traficante? Veja só o que aconteceu: o morro foi invadido pelos comparsas do Nero, o Maicon tá sumido por esse mundo de Deus, se é que ainda está vivo...

— Vira essa boca pra lá — Beto até se arrepia. — Ele tá vivo sim, Mãe também acredita nisso, e coração de mãe não se engana.

— Tá legal, respeito os seus sentimentos, companheiro, e os da sua mãe, ela já sofreu demais — retifica Kaline. — Tomara que o Maicon esteja vivo mesmo. Mas eu tô em outra: arrumei um emprego numa loja de *shopping*, por isso estudo à noite; sabe que até voltei a morar com meus pais, nem acredito que saí do morro pra sempre.

Beto está sinceramente admirado com a transformação da garota. Tão autoconfiante, quase feliz.

— Beleza, Kaline, fico contente de saber. E seus planos de se tornar *top model*?

— Não desisti, não, até me inscrevi num concurso nacional de modelos. Depois, como você pode ver, com a tristeza do fim do namoro eu até emagreci muito porque perdi o apetite, quase caí em depressão. Mas dei a volta por cima e jurei pra mim mesma que ninguém vai me derrubar outra vez.

— Gostei de ouvir isso, Kaline. Você é uma garota bonita e corajosa, dou a maior força pra você ser modelo ou...

Kaline o interrompe, toda entusiasmada:

— ... Ou jornalista. Botei na cabeça que vou cursar a faculdade de Comunicação e me especializar em telejornalismo. Que tal trabalhar na tevê como repórter, hein?

— Ia ser um arraso — concorda Beto. Aquela morena linda aumentaria a audiência, principalmente se fosse também competente, claro!

— Algum dia eu vou ser famosa, Beto, vou realizar todos os meus sonhos...

— E se o Maicon quiser voltar com você?

— Negativo. A minha fila também andou... Tô em outra, companheiro. Sabe o Caíque, o filho da minha vizinha lá no morro? Ele sempre foi apaixonado por mim, é um rapaz pobre mas trabalhador, e muito bonito por sinal. Estamos namorando e nunca estive tão feliz quanto agora.

Kaline se despede com um beijo carinhoso, manda lembranças pra dona Maria. Beto continua surpreso:

quem te viu, quem te vê. Quem diria que aquela garota tão fútil agora tivesse se transformado numa jovem consciente, com pés no chão e sonhos futuros? Como sempre diz Vó: Deus quando fecha uma porta, abre um portão.

Essa noite promete ser cheia de surpresas. Assim que Beto chega à classe, a professora lhe entrega um envelope que fora deixado pela firma onde fizera a inscrição para o cargo de *office-boy*.

Beto fica sem coragem de abrir. Guarda o envelope na pasta. Mais tarde, já em casa, entrega-o para a mãe, pedindo:

— Leia isso pra mim, eles até que foram gentis de mandar dizer que eu não sirvo pro cargo. Já me conformei com isso.

Deixa Mãe lendo a carta e vai escovar os dentes pra dormir. Até se assusta quando a mãe irrompe no banheiro, lágrimas nos olhos, bradando:

— DEUS SEJA LOUVADO!

A partir desse dia, a vida muda pra Beto.

Logo cedo, agora, ele desce o morro em direção ao trabalho, no escritório de advocacia, e só para na hora do almoço, para esquentar a marmita que Mãe preparou carinhosamente.

Seu trabalho principal é fazer pagamentos em bancos, mas também inclui entregar correspondência pra clientes. Pena que ainda não tenha idade suficiente pra dirigir, mas no escritório já avisaram que, mais tarde, ele deverá tirar carta pra dirigir moto. Ele nem comentou isso em casa porque a mãe é medrosa, poderia impedir. Vai ser legal virar um *motoboy*, ainda que a profissão envolva muito risco.

Ficou sabendo também que, se ficar estável no emprego — e isso naturalmente vai depender do seu empenho no trabalho —, há previsão até de uma possível bolsa de estudos futura, visando que o funcionário curse uma faculdade no período noturno. Como ele pretende fazer o curso de Direito, que não é período integral, isso é bem possível. A coisa parece tão boa que ele, às vezes, pensa até estar sonhando...

Nos meses que se sucedem, ele já se enturmou, tanto com os colegas de escola, quanto no escritório. Mas o ritmo é puxado, no final do dia ele está acabado, só quer cair na cama. Muitas vezes, é com grande esforço que mantém os olhos abertos na última aula. Mas ainda tem de fazer os deveres de casa, estudar para as provas, então qualquer instante serve pra isso. Aproveita até as horas de almoço, o intervalo entre as aulas. Não tem tempo nem disposição pra mais nada. Jogar futebol, que ele tanto gosta, só mesmo um pouco no final de semana, que estudar é sua prioridade.

Atarefado, nem percebe os olhares que lhe joga, em classe ou no pátio, uma colega de escola, a Rubilene. Muito ao contrário da Kaline, que lhe despertou uma paixão adolescente, a colega tem uma beleza menos ostensiva, mas nem por isso menor. Os cabelos são castanhos e lisos, e os olhos gateados parecem sorrir. Ela tenta, de forma sutil, mas insistente, chamar a atenção de Beto que, na roda-viva em que se transformou a sua vida, parece nem notar tanta devoção. É preciso que outro colega de escola, o Roberval, lhe chame a atenção sobre o fato:

— Tá dormindo no ponto? A gracinha se desmanchando pro seu lado, e você nem aí, pô, troca a pilha, meu!

É só depois dessa chamada que Beto começa a reparar na Rubilene. O Roberval tem razão, que graça de garota! Parece uma estatueta, os traços definidos mas benfeitos, uma boca carnuda que parece pedir beijos.

Beto finalmente cria coragem, puxa conversa com a Rubilene na hora do intervalo. Ela tem mais ou menos a idade dele, vive com os pais e mais três irmãos numa rua próxima da escola. Diz que também trabalha durante o dia, numa loja do bairro. Quer se formar logo no ensino médio pra conseguir um emprego melhor. Seu sonho é ser médica, mas conhece os obstáculos: vestibular disputadíssimo entre alunos de escolas particulares e obviamente mais fortes do que as públicas, sem falar no período integral, sem que o estudante possa trabalhar, o custo dos livros e por aí. Resumindo: quase um sonho impossível!

Engraçado, pensa Beto, a Rubilene é exatamente aquele tipo de pessoa sobre a qual ele discutia com a professora Marineide, na escola onde cursara o ensino fundamental: garota pobre que sonha em se formar em Medicina. Estuda em escola pública e precisa trabalhar pra sobreviver, e daí? Negativo, pode esquecer o sonho. A não ser que ela consiga uma cota em alguma faculdade. Mas aí também o carro pega: a Rubilene não é negra nem indígena. Como é que fica, ou não fica? A Rubilene simplesmente é pobre. Então não é apenas uma questão de etnia ou cor, mas de condição social. Porque se ela tivesse grana pra se dar ao luxo de só estudar e não precisar trabalhar, a cor da pele, dos olhos ou a etnia da qual ela fosse descendente não teriam a menor importância, não é? A única solução seria, após se formar no ensino médio, ela ter acesso a um cursinho gratuito e de bom nível para estudantes pobres; assim talvez conseguisse uma chance de competir no vestibular. E, ainda mais: ganhar uma bolsa de estudos para cursar a sonhada faculdade de Medicina, ainda que tivesse de pagar depois de formada.

Como será que aquele médico anestesista negro, sobre o qual a patroa de Mãe falou, conseguiu estudar? Será que deu sorte, sendo filho de uma família negra de classe média, com respaldo financeiro suficiente para ter mantido o filho em tempo integral numa faculdade, ainda que pública? Será que teve acesso a uma bolsa de estudos? Será que tinha um padrinho rico que lhe deu suporte durante os anos de estudo? Vá lá saber. E se o cara faz parte da equipe de um grande hospital, e ainda por cima um centro de referência, é sinal de que é um excelente profissional. E isso ele deve principalmente à sua inteligência, devoção aos estudos e competência — não tem nada a ver com a etnia da qual descende, da cor da sua pele, da situação financeira familiar, tem?

Muito bonito, mas isso não resolve o caso da Rubilene e de outros alunos pobres iguais a ela. Então, pensa Beto, como é que fica? Um talento será desperdiçado só por falta de oportunidade? Perde a pessoa que não realiza seus sonhos, mas não perde, muito mais, o país? A natureza certamente não tem preconceito: pode nascer até um gênio debaixo de um viaduto ou numa favela, mas a sociedade precisa dar a ele ao menos uma chance de mostrar a que veio...

Susto!

Salário do mês recebido, Beto convida Mãe e Vó para comer *pizza* numa cantina sábado à noite. Ocasião feliz, apenas jogar conversa fora. Voltam tranquilos, e Mãe ainda convida a vizinha para tomar café.

Entram direto na cozinha, pela porta lateral da casa. Vó pede licença, enquanto Mãe passa o café, para ver o restinho da novela na tevê da sala. Logo mais reaparece, pálida, olhos esbugalhados de espanto:

— Tem um fantasma lá no sofá...

— Deixe de brincadeira, Vó! — Mãe até cai na risada. — Você nem bebeu nem nada...

— Tá lá sim, o fantasma no sofá — repete Vó, apavorada.

Enquanto Mãe pega um copo d'água pra dar pra vizinha, Beto resolve encarar a situação: é o homem da casa agora, não pode amarelar.

— Fiquem aqui que eu espanto esse fantasma...

— Tome cuidado, meu filho! — ainda pede Mãe.
— Talvez seja uma alucinação da vizinha, mas prudência e caldo de galinha não fazem mal a ninguém.

Beto entra na sala e fica paralisado de susto! Tem alguém mesmo sentado no sofá. Alguém muito seu conhecido. E admitir isso é tão absurdo que o garoto sente uma tontura e segura-se no batente da porta para não cair. Então, quem quer que seja, aquela visão pergunta, sorridente:

— Não tá contente de me ver, não?

Beto demora uns bons segundos para recuperar a fala. Quando consegue, suplica:

— Pelo amor de Deus, fantasma, vá em paz, eu prometo que a gente reza por você...

O "outro", no sofá, desanda a rir:

— Pirou, cara? Que história maluca de fantasma é essa? Isso é jeito de receber gente da família?

Beto sente o estômago embrulhado, a *pizza* agora dança dentro do seu estômago. Aos poucos, cria coragem, aproxima-se devagar da criatura muito à vontade no sofá. Espeta um dedo no braço dela:

— Fantasma você não é... tem carne e osso.

— Mas que diacho é isso que você fica repetindo? — reclama o outro, já aperreado. — Sou eu, cara, você endoidou de vez?

— *Você tá morto!* — desabafa Beto num arranco.

— O quê?

— Mortinho e enterrado da silva, com papel passado e tudo. Mãe reconheceu você lá no IML e a gente foi no seu enterro.

Quem fica de boca aberta agora, com aquela revelação, é Uelinton. Demora uns segundos pra conseguir absorver a ideia maluca. Depois pede, meio cismado:

— Senta aqui, maninho, me conta essa história todinha, que me deu até um nó na cabeça.

Beto esquece as mulheres que ficaram lá na cozinha, esperando que ele enfrentasse o suposto fantasma. Senta ao lado do irmão e narra rapidamente os fatos. Ao terminar, Uelinton fala, tranquilo:

— Pois gostei dessa história, e gostei muito, sabe por quê? Tô jurado de morte pelo pessoal do Nero, assim como o falecido Alison, que eu vi morrer, coitado do maninho, e o Maicon, que nem sei se tá vivo. Então, Beto, a coisa melhorou pro meu lado. Estou morto e enterrado, então ninguém me persegue mais!

— Doideira tudo isso, mano. Mas, se não era você, quem é que foi enterrado no seu lugar?

— Olhe, Beto, o que eu sei é que fui baleado aí no confronto e acordei na enfermaria de um hospital. Fiquei por lá esse tempo todo depois de ser operado; os médicos até disseram que foi um milagre eu ter sobrevivido, tinha bala no corpo inteiro... E fugi assim que pude, pra evitar ser reconhecido pela polícia. Mas, pensando melhor, talvez o falecido seja o Anderson, um colega aí de tráfico; todo mundo perguntava se o Pai tinha aprontado e o cara era meu mano, de tão parecido comigo.

— Pode ser — concorda Beto. — Se o cara era tão parecido assim... Até Zé Grandão garantiu que você havia morrido. E lembro também que Mãe comentou: a pessoa que ela reconheceu como filho tinha levado um tiro de fuzil no rosto...

— Brincadeira! O rosto do cara devia estar todo destruído. Então como ela podia ter certeza de que era eu? — estranha o Uelinton.

Beto suspira fundo:

— Coitada de Mãe, se você visse ela! Ficou trancada no quarto nem sei quantos dias, tava em estado de choque, já pensou, dois filhos assassinados na mesma noite? Vai ver, no desespero, ainda mais que você e o Alison eram inseparáveis...

— ... Ela pensou que os dois filhos dela tinham morrido. Pois sem querer, ela me prestou um grande serviço, sabia? Voltei sem saber de nada disso, mas já com planos de cair no mundo. Vim só me despedir.

Um ruído abafado soa na entrada da sala: é Mãe desabando no chão — cansadas de esperar e preocupadas com Beto, Mãe e Vó, amparadas uma na outra, tinham vindo, de fininho, até a sala, pra ver se o tal espírito ainda permanecia por ali.

Correria, copo d'água com açúcar, remédio pra pressão... Depois do sufoco, e mais calmos, os quatro passam o resto da noite conversando. Mãe não se cansa de agradar seu menino, que "ressuscitou" dos mortos, como aquela história de Lázaro. Se fica triste dele cair no mundo como o filho mais velho, o Maicon, pelo menos tem o consolo de saber que ele está vivo e bem.

Mas Mãe é honesta demais, faz a pergunta que não quer calar:

— E a mãe do Anderson, como é que fica? A gente tenta descobrir os assassinos dos nossos filhos e também o paradeiro dos garotos desaparecidos. Como é que eu vou encarar essa mulher que vive no maior desespero à procura do filho, e eu sabendo que ele tá morto e enterrado como se fosse você, Uelinton?

— Se não quiser ver *seu* filho morto pra valer, é melhor ficar de bico calado! — retruca Uelinton, sem vacilar.

— Mas, meu filho! — Mãe também tem outra preocupação. — O Anderson foi enterrado com o seu nome. Pra todos os efeitos, você tá morto! Como é que vai viver sem documentos, nem nada? Vai ser sempre um marginal...

— Mas vivo, né, mãe? — retruca o rapaz. — Depois, eu já decidi, tô de saco cheio dessa história de trabalhar pro tráfico. Acabo preso ou lá na mesa do IML mesmo, como os falecidos Alison e Anderson. Vou virar um cara do bem, sacou?

— Sem documentos? — insiste Mãe. — Se qualquer policial parar você na rua, você tá ferrado. Vai dizer o quê?

— Eu penso num jeito, mãe. Documento a gente arruma por aí. Agora me dê sua bênção que eu vou cair no mundo.

Uelinton beija Mãe e Vó, tasca um abraço apertado em Beto. Ainda pede:

— Cuida de Mãe, Beto. Ela agora tá por tua conta.

Em seguida vai embora, esgueirando-se pelas vielas mais escuras da favela, assim como fizera ao chegar. Mãe fica chorando e repetindo sem parar:

— Meu Deus do céu, o que eu faço com a coitada da mãe do Anderson?

"Eta vida!", pensa Beto. "Por que será que, quando uma coisa acerta, tem sempre outra pra ficar torta? Será que não dá pra uma pessoa ser feliz totalmente?"

Vó costuma dizer que isso é "carma". E completa: "Gente nasce só pra sofrer!".

— Credo, Vó, vira essa boca pra lá! — reage Beto, ao ouvir essas coisas. — Que gente mais pessimista, pô! Se fosse assim, melhor seria se esconder e ficar chorando num canto. Sempre tem uma luz no fim do túnel. Precisa haver um sonho, uma esperança, motivo pra viver. Senão, melhor nem nascer, porque o cara pira, desiste de vez.

Agora, que o dilema de Mãe é jogo duro, ah, isso é. Encontrar todo dia com a mãe do Anderson e ouvir a coitada ficar falando da esperança de encontrar um dia o filho desaparecido, sabendo que o cara tá morto e enterrado e ainda por cima com o nome de outro, puxa vida, é dose!

Até quando Mãe vai aguentar esse sufoco, ele não sabe e, pra falar a verdade, nem quer saber. Tá cansado de tanta tristeza — desde criança que só ouve e presencia desgraça. Agora quer dar um tempo, ser feliz! Até engrenou um namoro superlegal com a Rubilene, aquela gracinha... Está indo bem na escola, tem um bom emprego, Mãe anda sossegada, nem se preocupa tanto com dinheiro. Quer dizer, andava, né? O mano deu uma alegria para a mãe, por estar vivo, mas deixou uma cruz pesada no lugar...

Mas, pelo visto, a semana é de novidades. Certa manhã, Beto está saindo de um banco, onde foi pagar contas do escritório, quando topa com o empresário que ele soltou do cativeiro, a mando do Maicon. Seus olhares se cruzam, reconhecem-se instantaneamente.

O homem pergunta, sorridente:

— Como é, está gostando do seu emprego?

Beto diz que sim, pergunta se o outro vai bem e se despedem. O dia inteiro, porém, a frase do empresário: *"Como é, está gostando do seu emprego?"*, fica martelando na sua cabeça, e ele não sabe dizer o porquê. É como se o cérebro quisesse decodificar alguma coisa. Mas como o trabalho não para e ele ainda precisa correr para não chegar atrasado às aulas noturnas, tenta afastar o pensamento recorrente.

É só quando finalmente exausto ele deita na cama, tarde da noite, que a ficha vai caindo, de-va-ga-ri-nho — ele se pega fazendo uma retrospectiva dos últimos meses: o cartaz pedindo um *office-boy,* as condições tão condizentes, que o emprego até parecia "sob encomenda". As circunstâncias da entrevista, o número de candidatos à vaga, ele até desistindo de ser o escolhido, ainda mais que disse morar no morro, ter irmãos mortos e outro desaparecido. Depois a carta, ele sem coragem de ler... A mãe entrando com os olhos brilhantes no banheiro, gritando de alegria: *"Deus seja louvado!"*.

Dá um pulo, fica andando pela sala, como fera dentro da jaula, uma pergunta insistente pedindo resposta que ele não sabe e talvez nem queira saber:

"Será?"

Vai perguntar pra quem? Pra mãe, jamais. Ela nem sabe que foi ele quem libertou o empresário. Pro Maicon, que mandou soltar o homem do cativeiro? Mas se ele também nem sabe por onde anda o irmão! Pro próprio cara que foi sequestrado? Pois se, na surpresa do encontro, nem perguntou telefone nem nada. Mas por que razão perguntaria?

"E se for?"

Pra piorar a situação, Beto ainda relembra a frase dita pelo homem, assim que se viu libertado do cativeiro: *"Você não vai se arrepender do bem que fez hoje"*. Então, supondo que seja mesmo verdade o que ele imagina, o que pode fazer nas atuais circunstâncias? Desistir do emprego, por uma questão de ética, pra não aceitar jogo marcado: aquela história de dá cá, toma lá?

Pelo visto, não é só Mãe quem vai ter de viver com um dilema na consciência!

Fim de linha

De uns dias pra cá Beto tem a estranha sensação de estar sendo seguido — quando se vira, contudo, há apenas transeuntes apressados à sua volta.

Certa manhã, porém, ao entrar no prédio onde trabalha, eis que Zé Grandão surge inesperadamente à sua frente e diz, de supetão:

— Amanhã à noite você não deve ir pra escola. Se esconda com sua mãe dentro de casa e não saiam de jeito nenhum.

— Foi o Maicon quem mandou dizer isso? — pergunta Beto.

Zé Grandão nem responde, num segundo já sumiu entre a multidão.

Beto passa o resto do dia pensativo, dividido entre a alegria e a curiosidade — alegria, porque só pode ter sido o Maicon quem mandou o recado, então ele provavelmente está vivo; curiosidade, por querer saber a razão de tal ordem.

Na dúvida, assim que volta da escola, resolve pedir o conselho de Mãe, que sempre o espera acordada. Ela concorda que devem fazer o que foi mandado — um dia perdido de escola não causará danos maiores e, no morro, tudo pode acontecer. Diz também que, por amizade, vai avisar Vó no dia seguinte; a vizinha dorme cedo, não convém acordá-la com uma notícia meio assustadora.

Beto passa o dia seguinte aperreado, fazendo mil elucubrações: o que será desta vez? De qualquer forma, realiza o trabalho rotineiro e volta o mais rápido que pode para o morro. Mãe também chega mais cedo. Vó, muito nervosa, também se reúne com eles no início da noite. Não tem mais idade pra esses sustos. Ainda bem que a vizinha é solidária, já imaginou ficar sozinha numa situação dessas?

Trancam bem portas e janelas à espera dos acontecimentos... Por prudência, resolvem deixar apenas a luz da cozinha acesa. Na penumbra da sala, ficam conversando baixinho, prontos a correr pra trás da geladeira, único anteparo possível para as balas que os traficantes trocam entre si ou contra a polícia.

Contrariando, porém, todos os prognósticos, a noite permanece estranhamente silenciosa; não se ouvem nem tiros nem vozes. Beto, agoniado, relembra aquela história contada por Zé Grandão do tempo em que era marinheiro: a calmaria que precede as grandes tempestades...

Acabam dormindo, meio amontoados, no sofá da sala. Acordam apenas com os primeiros cantos dos pássaros e a claridade que entra pela janela.

— O que foi, o que foi? — fala Vó, atrapalhada, sem saber onde está.

— Fica sossegada, vó — diz Beto. — Foi rebate falso.

— Passar a noite neste sofá velho vai me custar uma baita dor nas costas. Justo no dia que tenho de encarar a minha pior patroa — resmunga Mãe, de mau humor.

— Deixe de tanta reclamação, mulher — rebate Vó. — Você devia é dar graças a Deus que não aconteceu nada.

— Tem razão, besteira minha. — Mãe se levanta, vai passar um café pra clarear as ideias. Beto, por sua vez, toma banho e se veste pra enfrentar mais um dia de trabalho.

Enquanto tomam o café, Vó pergunta, curiosa:

— Afinal, por que a patroa de hoje é tão ruim assim, Maria?

— Se você soubesse o que eu tenho de aguentar... — suspira Mãe. — Tem patroa de todo tipo: as bondosas, como a mulher do médico que me ajuda, comprando remédio com desconto. Mas essa aí que eu falei, gente, não dá nem pra acreditar. Sabem o que ela me disse outro dia?

— Conta logo, senão eu perco o horário — pede Beto, divertido com o rumo da história.

— Tá achando graça, é, mocinho? Pois eu queria ver você no meu lugar quando ela falou: "Olhe, Maria, não se ponha a comer as uvas que eu comprei, porque eu já contei quantas têm em cada cacho".

— Tá brincando?! — diz Vó, rindo. — Eu não acredito!

— Pois pode acreditar. A mulher é rica, três carros importados na garagem, e tem a coragem de me dizer uma coisa dessas.

— E a senhora respondeu o quê? — quer saber Beto.

— Nada, eu não disse nada, contei até dez e fui fazer o meu trabalho.

— Decisão sábia — diz Vó. — Depois de ouvir uma besteira dessas, é melhor ficar calada mesmo.

— Besteira? Pra mim, isso é uma falta de respeito sem tamanho — revolta-se Beto. — Tem gente que pensa que ainda vive no tempo da escravidão...

Nem bem acaba de falar, batem de leve na porta. Olham-se contrafeitos: abrem ou não abrem? Logo a voz conhecida da Marinalva, mulher do policial, se faz ouvir:

— Sou eu, dona Maria, pode abrir!

Logo mais, abancada na mesa da cozinha, Marinalva conta que está correndo um bochicho no morro: coisa muito séria aconteceu de madrugada. O mais curioso é que ninguém ouviu nada nem houve tiroteio... Mas, logo cedo, quando os primeiros moradores começaram a sair para o trabalho ou escola, o boato se espalhou como maré subindo...

— Mas boato de quê, afinal? — pergunta Vó.

— Aí é que está o mistério. Todo mundo diz que aconteceu a tal coisa, mas ninguém sabe dizer *o que é*.

— Doideira! — Mãe até se benze. — Deixa eu enfrentar a patroa das uvas que é melhor...

"Será que todo mundo enlouqueceu?", pensa a vizinha, se despedindo. Já fez a sua obrigação, agora é cuidar da casa e dos filhos.

Beto acompanha Mãe até o ponto de ônibus. Depois cada um toma seu rumo. Agora é esperar pelos acontecimentos — não demora muito toda gente vai saber a verdade.

Tarde da noite, quando volta da escola, Beto passa numa birosca do morro pra comprar uma caixinha de leite que a Mãe encomendou. O dono, seu Chico, velho conhecido, baixa a voz ao comentar:

— Tá sabendo a novidade, Beto?

— Tô não, seu Chico. Passo o dia todo trabalhando, depois vou direto pra escola...

— Tão dizendo que o Nero sumiu...

— O quê?

Seu Chico baixa mais ainda a voz:

— Pra mim, o cara já bateu com as dez, sabia? Devem ter fritado ele lá no "micro-ondas" como ele fazia com os outros...

— Pelo amor de Deus, seu Chico, nem me fale desse horror!

— Pois se prepare, meu filho, porque também tão dizendo que o seu irmão, o Maicon, tá metido nesse fuzuê...

— Ué, por quê?

— Ora, por quê? Não se faça de bobo, Beto. Todo mundo sabe que foi o Nero que mandou matar o seu pai, que Deus o tenha. Quem teria melhor motivo pra se vingar daquele carniceiro do que o Maicon?

Beto paga o leite e sai meio tonto da birosca. Entra em casa indeciso se conta ou não o que ouviu. Basta olhar para os olhos vermelhos de Mãe pra saber que ela andou chorando... provavelmente também já ouviu a boataria...

— Só me faltava essa! — desabafa Mãe, desconsolada. — Ter um filho que, além de traficante, é também um assassino cruel e impiedoso.

— Foi o Nero quem matou o pai! — lembra Beto, angustiado com o rumo dos acontecimentos.

— Mas quem matou o Nero, seja lá quem for, se igualou direitinho a ele, filho. O Nero devia ser julgado por todos os crimes que cometeu... mas só pela Justiça. O que os traficantes fazem não é justiça, é vingança, e isso é muito diferente!

Beto vai dormir de cabeça quente, pensamentos tumultuados. Que o Nero era um carniceiro, como o definiu seu Chico, ninguém duvida. Que alguém quisesse se vingar dele é até compreensível — ele mesmo, meses atrás, nutria desejos de retaliação... Mas, como bem disse Mãe, de que adiantaria todo mundo virar justiceiro e sair linchando, executando por aí? O mundo não viraria uma grande selva, as pessoas se matando até por motivos fúteis, o que, infelizmente, já acontece em muitos lugares, principalmente ali no morro? E aonde a gente iria chegar desse jeito? Em vez de civilização, voltar à barbárie, como se ainda vivesse em cavernas?

Logo cedo, Beto sai de casa ainda com sono. Qual não é seu espanto ao topar com o Maicon, rodeado de capangas muito bem armados, que lhe cumprimenta, sorridente:

— Oi, maninho, saindo cedo pra pegar no batente, hein? Tô gostando de ver...

— O que você tá fazendo aqui, Maicon?

— Ué, sou o novo gerente geral do morro, sabia, não? O "home" mandou, tô aqui...

— Que homem?

— Ora, maninho, o chefe, o dono do morro, quem mais podia ser?

— O mesmo que mandou você matar o Nero? — desafia Beto.

— Pirou, maninho? Eu nem tava aqui... Voltei agora mesmo, pra assumir o comando do morro. Tô sabendo tanto quanto você.

— Pensa que eu sou algum otário? — reage Beto, mal-humorado. — Tá na cara que foi você quem matou o Nero... porque sempre quis se vingar dele pelo que ele fez com Pai. Lembro muito bem o que você me disse: "Tem hora de engolir o sapo, e tem hora de devolver o sapo".

Maicon cai na risada seguido pelos comparsas:

— E você acreditou nas minhas lorotas, garoto? Sem essa, Beto. Quem decide quem vive ou morre aqui no morro é o "home". Ele manda, a gente obedece. Mas garanto que desta vez tô limpo, maninho. A ordem foi pra outro cumprir, tô chegando agora, inocente como nenê.

— Então é verdade, o Nero tá morto mesmo?

— É, tá falecido. Fez encrenca demais, estragou muito negócio, irritou o "home". Teve o que mereceu.

Beto engole em seco, espantado com a frieza do outro:

— E o que acontece agora? — pergunta.

— Agora, maninho? Agora você e Mãe tão protegidos, na boa, na maior... ninguém mexe *coceis*... Quem manda aqui sou eu, quer dizer, só abaixo do "home".

— E quem é o homem? — insiste Beto.

Maicon cai novamente na risada:

— Ah, isso eu vou ficar devendo, maninho. Se você soubesse quem ele é, nem ia acreditar... Eu pagava pra ver sua cara de espanto!

É quando Beto decide dar um basta: termina a conversa ali mesmo. Nem se despede, vira as costas e começa a descer o morro... Está cansado dessa história — seu caminho sempre foi outro. Não vê a hora de melhorar no emprego, entrar na faculdade, se formar em Direito, tirar Mãe do trabalho, até casar com a Rubilene. Nunca teve tanta certeza de seus objetivos de vida quanto agora.

O Sol é testemunha!

"Dê um mote que valha a pena, e eu escrevo um livro", costumo dizer. O mote é o tema que pode desencadear o processo criativo. Neste caso, quem me deu o *mote* foi o editor da Saraiva, Rogério Carlos Gastaldo de Oliveira, quando sugeriu que eu lesse uma pesquisa sobre os garotos envolvidos com o tráfico de drogas, nas favelas cariocas.

Entusiasmada com o assunto, num impulso escrevi o primeiro capítulo. Deixei descansar um pouco, para ver se valia a pena continuar... Ao reler o texto, não tive dúvida: a história, como massa de pão, tinha fermentado, crescido, merecia ir "para o forno".

Uma coisa que descobri faz tempo é que não é o escritor que manda nos personagens; é justamente o contrário. Eles vão em frente, o autor corre atrás – quando os personagens são vigorosos e fortes, têm aquela marca de humanidade, o texto é bom; se não for assim, pode esquecer, que a história não vale a pena ser escrita.

No caso deste texto em especial, o personagem central da história era tão decidido, tinha sonhos tão definidos na sua luta pelo bem, que não me deu o menor trabalho: foi só dar-lhe corda, como uma pipa que voa cada vez mais alto...

A trajetória de Beto pode ser resumida numa frase antológica do líder pacifista Gandhi, que foi o grande construtor da independência da Índia: **"Você precisa ser a mudança que você quer ver no mundo".**

Giselda Laporta Nicolelis

Sobre o ilustrador

Nasci na capital de São Paulo, em 1965. Desde muito cedo aprendi a expressar ideias e emoções com meus desenhos.

Em 1987 comecei a trabalhar profissionalmente com ilustração. Durante nove anos desenhei exclusivamente histórias em quadrinhos para a Editora Abril e alguns estúdios brasileiros que trabalham para editoras americanas e europeias. Hoje trabalho como ilustrador *freelance* para editoras do Brasil e do exterior e para algumas agências de publicidade.

Ilustrar este livro foi uma experiência muito gratificante. O texto retrata a dura realidade das favelas sem deixar de frisar os valores humanos e a luta por uma vida digna que ainda é a essência do povo brasileiro.

COLEÇÃO JABUTI

4 Ases & 1 Curinga
Adeus, escola ▼◆▣☒
Adivinhador, O
Amazônia
Anjos do mar
Aprendendo a viver ✧✻■
Aqui dentro há um longe imenso
Artista na ponte num dia de chuva e neblina, O ✱★✧
Aventura na França
Awankana ✎☆✧
Baleias não dizem adeus ✱📖✧○
Bilhetinhos ☺
Blog da Marina, O ✧✎
Boa de garfo e outros contos ◆✎✧✧
Bonequeiro de sucata, O
Borboletas na chuva
Botão grená, O ▼✎
Braçoabraço ▼℞
Caderno de segredos ❏◎✎📖✧○
Carrego no peito
Carta do pirata francês, A ✎
Casa de Hans Kunst, A
Cavaleiro das palavras, O ★
Cérbero, o navio do inferno 📖☑✧
Charadas para qualquer Sherlock
Chico, Edu e o nono ano
Clube dos Leitores de Histórias Tristes ✎
Com o coração do outro lado do mundo ■
Conquista da vida, A
Contos caipiras
Da costa do ouro ▲✧○
Da matéria dos sonhos 📖☑✧
De Paris, com amor ❏◎★📖✧☒✧
De sonhar também se vive...
Debaixo da ingazeira da praça
Delicadezas do espanto ☺
Desafio nas missões
Desafios do rebelde, Os
Desprezados F. C.
Deusa da minha rua, A 📖✧○
Devezunquandório de Leila Rosa Canguçu
Dúvidas, segredos e descobertas
É tudo mentira
Enigma dos chimpanzés, O
Enquanto meu amor não vem ●✎✧
Escandaloso teatro das virtudes, O
Espelho maldito ▼✎✧

Estava nascendo o dia em que conheceriam o mar
Estranho doutor Pimenta, O
Face oculta, A
Fantasmas ✧
Fantasmas da rua do Canto, Os ✎
Firme como boia ▼✧○
Florestania ✎
Furo de reportagem ❏◎📖℞✧
Futuro feito à mão
Goleiro Leleta, O ▲
Guerra das sabidas contra os atletas vagais, A ✎
Hipergame ⌒📖✧
História de Lalo, A ✧
Histórias do mundo que se foi ▲✎○
Homem que não teimava, O ◎❏◎℞○
Ilhados
Ingênuo? Nem tanto...
Jeitão da turma, O ✎○
Lelé da Cuca, detetive especial ☑◎
Lia e o sétimo ano ✎■
Liberdade virtual ✎
Lobo, lobão, lobisomem
Luana Carranca
Machado e Juca †▼●☞☑✧
Mágica para cegos
Mariana e o lobo Mall 📖✧
Márika e o oitavo ano ■
Marilia, mar e ilha ✧✎
Mataram nosso zagueiro
Matéria de delicadeza ✎☞✧
Melhores dias virão
Memórias mal-assombradas de um fantasma canhoto
Menino e o mar, O ✎
Miguel e o sexto ano ✎
Minha querida filhinha
Miopia e outros contos insólitos
Mistério de Ícaro, O ◎℞
Mistério mora ao lado, O ▼◎
Mochila, A
Motorista que contava assustadoras histórias de amor, O ▼●✧✧
Muito além da imaginação
Na mesma sintonia ✧■
Na trilha do mamute ■✎☞✧
Não se esqueçam da rosa ♠✧
Nos passos da dança
Oh, Coração!

Passado nas mãos de Sandra, O ▼◎✧○
Perseguição
Porta a porta ■✧❏◎✎✧✧
Porta do meu coração, A ◆℞
Primavera pop! ◎📖℞
Primeiro amor
Que tal passar um ano num país estrangeiro?
Quero ser belo ☑
Redes solidárias ◎▲❏✎℞◎
Reportagem mortal
Riso da morte, O
romeu@julieta.com.br ❏✧✧✧
Rua 46 †❏◎✧✧
Sabor de vitória ✧✧○
Saci à solta
Sardenta ☞📖✧✧
Savanas
Segredo de Estado ■☞
Sendo o que se é
Sete casos do detetive Xulé ■
Só entre nós – Abelardo e Heloísa ✧■
Só não venha de calça branca
Sofia e outros contos ☺
Sol é testemunha, O
Sorveteria, A
Surpresas da vida
Táli ☺
Tanto faz
Tenemit, a flor de lótus
Tigre na caverna, O
Triângulo de fogo
Última flor de abril, A
Um anarquista no sótão
Um balão caindo perto de nós
Um dia de matar! ●
Um e-mail em vermelho
Um sopro de esperança
Um trem para outro (?) mundo ✖
Uma janela para o crime
Uma trama perfeita
Vampíria
Vera Lúcia, verdade e luz ❏◆◎✧
Vida no escuro, A
Viva a poesia viva ●❏◎✎📖✧
Viver melhor ❏◎✧
Vô, cadê você?
Yakima, o menino-onça ♦⌒○
Zero a zero

★ Prêmio Altamente Recomendável da FNLIJ
☆ Prêmio Jabuti
✱ Prêmio "João-de-Barro" (MG)
▲ Prêmio Adolfo Aizen - UBE
⚞ Premiado na Bienal Nestlé de Literatura Brasileira
☞ Premiado na França e na Espanha
☺ Finalista do Prêmio Jabuti
♦ Recomendado pela FNLIJ
✖ Fundo Municipal de Educação - Petrópolis/RJ
◎ Fundação Luís Eduardo Magalhães

● CONAE-SP
✧ Salão Capixaba-ES
▼ Secretaria Municipal de Educação (RJ)
■ Departamento de Bibliotecas Infantojuvenis da Secretaria Municipal da Cultura/SP
◆ Programa Uma Biblioteca em cada Município
❏ Programa Cantinho de Leitura (GO)
♠ Secretaria de Educação de MG/EJA - Ensino Fundamental
☞ Acervo Básico da FNLIJ
✈ Selecionado pela FNLIJ para a Feira de Bolonha/96

✎ Programa Nacional do Livro Didático
📖 Programa Bibliotecas Escolares (MG)
⌒ Programa Nacional de Salas de Leitura
✧ Programa Cantinho de Leitura (MG)
◎ Programa de Bibliotecas das Esco Estaduais (GO)
† Programa Biblioteca do Ensino Médio (PR)
✧ Secretaria Municipal de Educação/SP
☒ Programa "Fome de Saber", da Faap (SP)
℞ Secretaria de Educação e Cultura da Bahia
○ Secretaria de Educação e Cultura de Vitória